EROTIKA BIBLION

HONORÉ GABRIEL RIQUETTI MIRABEAU

Anagogie

Bekanntlich haben unter den zahllosen Ausgrabungen der Altertümer von Herkulanum die Handschriften die Geduld und den Scharfsinn der Künstler und Gelehrten erschöpft. Die Schwierigkeit besteht in dem Aufrollen der seit zweitausend Jahren durch die Lava des Vesuvs halbvernichteten Schriften. Sowie man sie berührt, zerfällt alles in Staub.

Indessen haben ungarische Mineralogen, die geduldiger und gewandter als die Italiener sind, Vorteile aus den Erzeugnissen, die der Mutterschoß der Erde darbietet, zu ziehen, der Königin von Neapel ihre Dienste angeboten. Die Fürstin, eine Freundin aller Künste, die den Wetteifer geschickt anzufeuern versteht, hat die Künstler liebenswürdig aufgenommen: sie aber stürzten sich auf diese unsäglich schwierige Arbeit.

Zuerst kleben sie eine dünne Leinwand über eine dieser Rollen; wenn das Leinen trocken ist, hängt man es auf und legt gleichzeitig die Rolle auf einen beweglichen Rahmen, um ihn unmerklich zu senken, je nachdem die Abwicklung vor sich geht. Um sie zu erleichtern, streicht man mit einem Federbart einen Faden Gummiwassers auf die Rolle, und allmählich lösen sich Teile davon ab, um sich unverzüglich auf die ausgespannte Leinewand zu leimen.

Diese mühselige Arbeit nimmt soviel Zeit in Anspruch, daß man im Laufe eines Jahres kaum einige Blätter abrollen kann. Die Unannehmlichkeit, nur allzu oft Handschriften zu finden, die nichts enthalten, hätte auf dieses schwierige und mühselige Unternehmen verzichten lassen, wenn so viele Anstrengungen nicht schließlich durch die Entdeckung eines Werkes belohnt worden wären, das bald den Scharfsinn von einhundertfünfzig Akademien Italiens herausgefordert hat.

Es handelte sich um eine mozarabische Handschrift, die geschrieben ist in den fernen Zeiten, wo Philippus von der Seite des Eunuchen von Candacia fort geraubt wurde; wo Habacuc, an den Haaren emporgetragen, Daniel das Mittagbrot fünfhundert Meilen weit trug, ohne daß es kalt wurde, wo die beschnittenen Philister sich Vorhäute machten, wo Hintern von Gold Hämorrhoiden heilten . . . . . Ein gewisser Jeremias Shackerley, ein Rechtgläubiger laut der Handschrift, nutzte die Gelegenheit für sich aus.

Er war gereist, und von Vater auf Sohn war nichts in der Familie, einer der ältesten auf der Welt, verloren gegangen, da sie nicht unzuverlässige Überlieferungen aus dem Zeitabschnitt aufbewahrte, wo die Elefanten die kältesten Teile Rußlands bevölkerten, wo Spitzbergen wundervolle Orangen hervorbrachte, wo England nicht von Frankreich getrennt war, wo Spanien noch am Festland von Kanada hing durch das große, Atlantis geheißene Land, dessen Namen man kaum bei den Alten wiederfindet, das uns aber der scharfsinnige Herr Bailly so gut zu schildern weiß.

Shackerley wollte auf einen der entferntesten Planeten, die unser System bilden, gebracht werden, doch setzte man ihn nicht auf dem Planeten selber nieder, sondern lud ihn auf dem Ring des Saturn ab. Dieser ungeheure Himmelskörper war noch nicht in Ruhe. Auf seinen niedrig gelegenen Teilen gabs tiefe und stürmische Meere, reißende Sturzbäche, strudelnde Gewässer, beinahe immerwährende Erdbeben, die durch das Einsinken von Höhlen und häufige Vulkanausbrüche hervorgerufen wurden, wirbelnde Dampf- und Rauchsäulen, Stürme, die unaufhörlich durch die Erschütterungen der Erde und ihren wütenden Anprall gegen die Gewässer der Meere erregt wurden, Überschwemmungen, Austreten der Flüsse, Sintfluten Lava-, Erdpech-, Schwefelströme, die die Gebirge verheerten und sich in die Ebenen stürzten, wo sie die Gewässer vergifteten; das Licht aber war durch Wasserwolken, durch Aschenmassen, durch glühende Steine, die die Vulkane auswarfen, verdunkelt . . . . Also sah es auf diesem noch ungestalten Planeten aus. Einzig der Ring war bewohnbar. Sehr viel dünner und mehr abgekühlt erfreute er sich bereits seit langem der Vorteile der vollkommenen, empfänglichen, weisen Natur; aber man erblickte von dort aus die furchtbaren Vorgänge, deren Theater der Saturn war.

Form und Bildung dieses Ringes erschienen Shackerley so ungewöhnlich, wie ihm nichts auf dem Erdboden gleich seltsam erschienen war. Erstens machte unsere Sonne, die auch für die Bewohner dieses Landes die Sonne ist, für sie kaum den dreißigsten Teil von dem aus, den sie für uns darstellt. Für ihre

Augen erzeugte sie die Wirkung, die bei uns der Morgenstern hervorbringt, wenn er im höchsten Glanze steht. Merkur, Venus, Erde und Mars können von dort aus nicht unterschieden werden, doch vermutet man ihr Vorhandensein. Einzig der Jupiter zeigt sich dort, und zwar etwas näher, als wir ihn sehen, mit dem Unterschiede, daß er Wandlungen durchmacht, wie sie die Mondscheibe uns zeigt. Er war ebenfalls einer seiner Trabanten, und aus diesem Zusammentreffen gleichmäßiger Veränderungen ergaben sich seltsame und nützliche Erscheinungen. Seltsame: indem man den Jupiter im Wachsen und seine vier kleinen Monde bald im Wachsen, bald im Abnehmen, oder die einen zur Rechten und die anderen sich mit dem Planeten selber vermischen sah. Nützliche, indem Jupiter manchmal die Sonne mit seinem ganzen Gefolge passierte, was eine Menge von Berührungspunkten, nacheinander folgende Eintauchungen und Austritte mit sich brachte, die für die ganz regelmäßigen Beobachtungen nichts zu wünschen übrig ließen.

Ebenso war die Deduktion der Parallaxen aufs genaueste berechnet worden, dergestalt, daß trotz der Entfernung des Ringes oder des Saturns oder der Sonne, welche nach dem gelehrten Jeremias Shackerley nicht viel weniger als dreihundertdrei Millionen Meilen beträgt, man seit unzähligen Jahrhunderten dort mehr Fortschritte auf dem Gebiete der Astronomie als auf der Erde gemacht hatte.

Die Sonne wirkte schwach; doch das Fehlen ihrer Wärme wurde durch die des Saturnballes ausgeglichen, der sich noch nicht abgekühlt hatte. Der Ring empfing von seinem Hauptplaneten mehr Licht und Wärme, als wir hier unten erhalten, denn schließlich hatte der Ring ja in sich selbst, in seinem Zentrum, den Saturnglobus, der neunhundertmal größer als die Erde ist, und war fünfundfünfzigtausend Meilen von ihm entfernt, was dreiviertel der Entfernung des Mondes von der Erde ausmacht.

Um den Ring herum, in großen Zwischenräumen, sah man fünf Monde, die manchmal alle auf derselben Seite aufgingen. Nach Shackerleys Behauptung ist es unmöglich, sich einen hinreichenden Begriff von diesem glänzenden Schauspiele zu machen.

Der so gut gelegene Ring bildete gleich einer Hängebrücke einen kreisförmigen Bogen, man konnte ihn auf seinem ganzen Umfange bereisen, ebenso vermochte man von Ferne um den Saturnball zu reisen, dergestalt aber, daß der Reisende diesen Ball stets auf der gleichen Seite behielt.

Die Breite des Ringes beträgt nicht weniger als den Durchmesser unseres Erdballs, ist aber gleichzeitig so dünn, daß dieser Durchmesser für den, der ihn von der Erde aus wahrnehmen will, unsichtbar ist. Darum gleicht er einer Messerklinge, deren dünne Schneide man von weitem aus betrachtet. Shackerley kannte die Erscheinungen, die man hier unten feststellen kann, sehr genau, erwartete aber, sich wenigstens rittlings auf der Schneide dieses Ringes fortbewegen zu können. Wie überrascht war er jedoch, als er sah, daß dieser so geringe Durchmesser, der unserem Auge entgeht, eine ebenso große Entfernung wie die von Paris nach Straßburg ausmachte, denn dieses Beispiel wird schneller und genauer den Begriff der Ausdehnung geben als die Wegmessungen, die Shackerley vornahm, für die es einige tausendseitiger Erklärungen bedürfte, bis man sie unbestreitbar abgeschätzt hätte. Folglich könnte es auf dem unteren konkaven Rande kleine Königreiche geben, welche die Politiken unseres Erdballes, wenn er ihnen zur Verfügung stünde, herrlich in ein blutiges und durch zahllose ruhmreiche Ränke denkwürdiges Theater verwandeln könnten. Die Bewohner dieses Teiles, die man die Antipoden des äußeren Ringrückens nennen kann, die Bewohner des Inneren, sage ich, hatten den ungeheuren Saturnball zu ihren Häupten aufgehängt; der Ring aber bewegte sich wieder über diesen Ball hinweg und über den Ring hin strebten die fünf Monde.

Kurz, die Bewohner des Inneren sahen ihre rechte und linke Seite, wie wir die unsrigen auf der Erde sehen; der Horizont aber von vorn, ebenso wie der von hinten, waren sehr verschieden von denen, die wir hier unten erblicken. Auf zehn Meilen verlieren wir auf Grund der Biegung unseres Erdballes ein Schiff aus den Augen; auf dem Saturnring aber geht diese Biegung in entgegengesetzter Weise vor sich, sie erhebt sich, statt sich zu senken; da aber der Ring den Saturn in einer Entfernung von fünfzigtausend Meilen umgibt, folgt daraus, daß dieser Ring in der Form eines Wulstes einen Umkreis von mindestens fünfhunderttausend Meilen hat. Seine Biegung erhebt sich also unmerkbar. Der Horizont, der sich auf unserer Erde senkt, erscheint dort auf einige Meilen Entfernung dem Auge eben, dann erhebt er sich ein weniges, die Gegenstände verkleinern sich; anfangs noch erkenntlich, verwischen sie sich schließlich: man erblickt nur noch die Massen; kurz, diese Erde erhebt sich in der Entfernung zu ungeheuren Weiten, indem sie kleiner wird. So sehr, daß dieser Ring, der durch die Täuschungen der Optik in der Luft endigt, für das Auge den Umfang unseres Mondes erhält und kaum in dem Teile gewahr wird, der sich über dem Haupte des Beobachters befindet, denn er macht für ihn mehr als die doppelte Entfernung des Mondes von der Erde aus, das heißt, fast zweihunderttausend Meilen.

Ich will nicht von den vermehrten Phänomenen reden, die alle diese an ihren beiderseitigen Eklipsen aufgehängten Körper hervorrufen; Shackerley kannte sie schon auf der Erde und hatte sie recht beurteilt.

Ihr Himmel war wie unserer, in allen Sternbildern gab es keine Verschiedenheit, aber eine Unzahl Kometen erfüllte den ungeheuren und unschätzbaren Zwischenraum, der zwischen Saturn und den Sternen bestand, von denen man die nächsten ahnte.

Da die Anziehungskraft des Saturnglobus teilweise die des Ringes im Gleichgewicht hielt, war die Schwerkraft dort sehr vermindert; man marschierte ohne Anstrengung, und die geringste Bewegung schaffte die Masse fort. Wie eine Person, die badet, nur das gleiche Volumen des Wassers, das sie einnimmt, verdrängen kann, bewegt man sich dort durch unfühlbaren Antrieb.

Ebenso brauchten die Körper, um sich zu vereinigen, sich nur zu streifen. Sie näherten sich ohne Druck, alles war beinahe luftig. Die zartesten Empfindungen dauerten fort, ohne die Organe abzustumpfen. Man kann sich denken, daß diese Art zu sein, großen Einfluß auf die moralische Kraft der Bewohner dieses planetarischen Bogens hatte. So war denn eines der Wunder, das Shackerley am meisten überraschte, die Vervollkommnungsfähigkeit der Lebewesen, die den seltsamen Ring bewohnten. Sie erfreuten sich sehr vieler Sinne, die uns unbekannt sind; die Natur hatte zu große Vorteile in das System all dieser großen Körper gelegt, als daß sie sich bei der Zusammensetzung derer, die sie bestimmt hatte, sich all dieser Schauspiele zu erfreuen, mit fünf Sinnen hätte zufrieden geben können.

Hier steigert sich Shackerleys Verwirrung ins Ungeheure. Er besaß Kenntnisse genug, um die großen Wirkungen dieser verschiedenen und schwebenden Körper zu verstehen und zu schildern. Er scheiterte aber, als er die Lebewesen beschreiben wollte. So findet man denn in dem mozarabischen Manuskript nicht all die Klarheit, all die Einzelheiten, wie man sie sich in dieser Beziehung gewünscht hätte. Wenigstens haben die Abbandonati in Bologna, die Resvegliati in Genua, die Addormentati in Gubio, die Disingannati in Venedig, die Adagiati in Rimini, die Furfurati in Florenz, die Lunatici in Neapel, die Caliginosi in Ancona, die Insipidi in Perugia, die Melancholici in Rom, die Extravaganti in Candia, die Ebrii in Syracus und alle, die man um Rat befragt hat, darauf verzichtet, die Übersetzung klarer wiederzugeben. Wahrlich, die bürgerliche und religiöse Untersuchung wird sich vielleicht in etwas in solche Schwierigkeit hineinversetzen können.

Indessen muß man gerecht sein, nichts ist schwieriger zu erklären, als ein Sinn, der uns fremd ist. Man hat Beispiele Blindgeborener, die mit Hilfe der Sinne, die ihnen blieben, Wunder in ihrer Blindheit verrichtet haben. Nun gut! Einer von ihnen, ein Chemiker und Musiker, der seinen Sohn Lesen lehrt, kann keine andere Erklärung für einen Spiegel wie folgende geben: „er ist ein Gegenstand, durch den die Dinge außerhalb ihrer selbst erhaben hervortreten können." Seht, wie abgeschmackt dennoch diese Definition ist, die die Philosophen, die sie ergründet haben, sehr scharf und gar erstaunlich fanden. Ich kenne kein Beispiel, das geeigneter wäre, die Unmöglichkeit zu zeigen, Sinne, mit denen man nicht versehen ist, auszudrücken; indessen stammen alle Gefühle und moralischen Eigenschaften von den Sinnen ab, folglich könnte man sich bei dem, was es über die Moral der Wesen einer von unserer so verschiedenen Art zu sagen gäbe, nur auf Beobachtungen stützen, die sich auf sie beziehen.

Im übrigen steht zu hoffen, daß die Gewohnheit, die uns unsere Reisenden und Geschichtsschreiber aufgezwungen haben, sie das, was nur von Sitten, Gesetzen und Gebräuchen handelt, vernachlässigen und sogar gänzlich außer Acht lassen zu sehen, unsere Leser, Shackerley gegenüber, nachsichtig machen wird, der immerhin den Freipaß eines hohen Alters für sich hat, ohne welchen man vielleicht kein Wort von dem, was er gesagt, glauben würde. War er doch für seine Zeitgenossen — und in vieler Hinsicht ist er es auch für uns — in der Lage eines Mannes, der nur einen oder zwei Tage lang gesehen hat und sich in einem Volk von Blinden aufhält; er müßte gewißlich schweigen oder man möchte ihn für einen Narren halten, da er eine Menge geheimnisvolle Dinge verkünden würde, die es in Wahrheit nur für das Volk wären; aber so viele Menschen sind „Volk" und so wenige Philosophen, daß man durchaus nicht sicher geht, nur für die zu handeln, zu denken und zu schreiben.

Shackerley hat indessen einige Beobachtungen gemacht, deren ungewöhnlichste hier folgen sollen:

Er bemerkte, daß das Gedächtnis bei den Lebewesen des Saturns sich niemals trübte. Die Gedanken teilten sich bei ihnen ohne Worte und ohne Zeichen mit. Keine Sprache gabs, infolgedessen nichts Geschriebenes, nichts Ausgesagtes; wie viele Tore waren den Lügen und den Irrtümern verschlossen! Die verschwenderischen, unzähligen Kleinigkeiten, die uns entnerven, waren ihnen unbekannt. Sie hatten alle nur denkbare Bequemlichkeit, um ihre Gedanken zu übertragen, um ihrer Ausführung eine erstaunliche Schnelligkeit zu geben, um alle Fortschritte ihrer Kenntnisse zu beschleunigen; es schien, daß bei dieser bevorzugten Art sich alles durch Instinkt und mit der Schnelligkeit des Blitzes vollzog.

Da das Gedächtnis alles behielt, lebte die Überlieferung mit unendlich viel größerer Treue, Genauigkeit und Bestimmtheit fort als bei den verwickelten und unendlichen Mitteln, die wir anhäufen, ohne irgendeine Art von Sicherheit erreichen zu können. Jeder Körper hat seine Ausströmungen; die der Erde sind ganz nutzlos. Auf dem Ringe bilden sie eine stets auf beträchtliche Entfernungen hin wirksame Atmosphäre; und diese Emanationen, von denen Shackerley nur einen Begriff geben konnte, indem er sie mit den Atomen verglich, die man mit Hilfe von Sonnenstrahlen, die in ein dunkles Zimmer eingeführt werden, unterscheidet, diese Emanationen, sage ich, antworteten auf all die Nervenbüschel des Gefühls des Individuums. Ähnlich den Staubfäden der Pflanzen, den chemischen Verwandtschaften strömten sie in die Emanationen eines anderen Individuums über, wenn die Sympathie sich da begegnete; was, wie man sich leichtlich denken kann, die Sensationen, von denen wir uns nur ein sehr ungenaues Bild machen können, ins Unendliche vervielfältigte. Zum Beispiel geben sie die Wonnen zweier Liebenden wieder, ähnlich denen des Alphaeus, der, um sich der Arethusa zu erfreuen, welche Diana eben in einen Quell verwandelt hatte, sich in einen Fluß verzauberte, um sich noch inniger mit seiner Geliebten zu vereinigen, indem er seine Wogen mit ihren vermischte.

Diese lebhafte und fast unendliche Kohäsion so vieler fühlbarer Moleküle brachte notwendigerweise in diesen Wesen einen Lebensgeist hervor, den Shackerley durch ein mozarabisches Wort ausdrückt, das die Akademie der Innamorati mit dem Worte elektrisch übersetzt hat, obwohl die Phänomene der Elektrizität in diesen zurückliegenden Zeiten noch nicht bekannt waren.

Alles war in diesen Gegenden ohne Pflege im Überfluß und derartig vorhanden, daß der Besitz dort ebenso nutzlos wie lästig geworden wäre. Man fühlt, daß, wo es keinen Besitz gibt, auch sehr wenige Ursachen zu Zwistigkeiten und Feindschaften vorliegen können, und daß die vollkommenste politische Gleichheit herrscht, vorausgesetzt, daß solche Wesen eines politischen Systems bedürfen. Ich weiß nicht, was ihre Ruhe trüben könnte, da ihre Bedürfnisse mehr im Vorbeugen als im Befriedigen liegen, wenn der Geschmack des Verlangens ihnen nicht abgeht und sie das Gift des Überdrusses nicht zu fürchten haben.

Auf dem Saturnringe übertragen sich die Kenntnisse durch die Luft auf sehr beträchtliche Entfernungen hin, auf demselben Wege, auf dem sich das Sonnenlicht fortpflanzt, das bekanntlich in sieben Minuten zu uns kommt. Eine Einatmung, oder anders ein gemäßigter Hauch genügt, um einen Gedanken mitzuteilen. Davon geht der bewunderungswürdige Wettstreit unter den unendlichen Völkern aus, die dieses Verständnisses und dieser auf dem ganzen Ringe allgemein verbreiteten Harmonie zufolge sich nur mit ihrer gemeinsamen Glückseligkeit beschäftigen, die niemals im Widerspruch mit der eines einzelnen Individuums gestanden hat.

Diese, besonders für die Menschheit so seltsamen Wesen erfreuten sich also eines ewigen Friedens und eines unwandelbaren Wohlbefindens. Die Geschicklichkeiten, die auf das Glück und die Erhaltung der Art abzielten, waren so vervollkommnet, wie man sie sich nur denken und sich selber wünschen kann, und man hatte dort nicht den geringsten Begriff von den verheerenden, durch den Krieg erzeugten

Kunstgriffen. So hatten die Ringbewohner nicht die Wechsel von Vernunft und Wahnsinn durchzumachen, die unsere Gemeinschaften so verschwenderisch mit Gut und Böse vermischt haben. Die großen Talente in der furchtbaren Wissenschaft, diese hervorzubringen, waren, weit entfernt davon, bei ihnen bewundert zu werden, dort nicht einmal bekannt. Die unfruchtbaren oder künstlichen Vergnügungen herrschten dort ebensowenig wie der falsche Ehrbegriff, und ihr Instinkt hatte die glückseligen Wesen mühelos gelehrt, was die traurige Erfahrung so vieler Jahrhunderte uns noch vergeblich anzeigt, ich will sagen, daß der wahre Ruhm eines intelligenten Wesens Kenntnisse sind und der Friede sein wahres Glück ist.

Das ist alles, was eine rasche Lektüre von Shackerleys Reise mir zu behalten erlaubte, den Habacuc am Ende seiner Fahrt bei den Haaren ergriff und in Arabien niedersetzte, wo er ihn aufgehoben hatte. Wenn das Auseinanderfalten und die Übersetzung dieses kostbaren Manuskripts vollendet sein wird, will ich dem weisen Europa eine nicht minder authentische Ausgabe als die des heiligen Buches der Brahmanen vorlegen, die Herr Auquetil ganz gewiß von den Ufern des Ganges hergebracht hat, denn ich schmeichle mir, die mozarabische Sprache beinahe ebenso gut zu können, wie er den Zent oder den Pelhvi versteht.

Die Anelytroide

Ohne Widerspruch ist die Bibel eines der ältesten und seltsamsten Bücher, das es auf Erden gibt.

Die meisten Einwände, auf die sich Leute stützen, die nicht zu glauben vermögen, daß Moses ein göttlicher Ausleger gewesen ist, scheinen mir sehr unzureichend. Nichts ist zum Beispiel mehr ins Lächerliche gezogen worden als das Sinnliche der heiligen Bücher, das einen tatsächlich als sehr mangelhaft anmutet. Aber man zieht den Zustand dieser Wissenschaft in den ersten Menschenaltern gar nicht in Erwägung, für die das Buch ja schließlich verständlich sein mußte. Das Sinnliche war damals das, was es noch heute sein würde, wenn der Mensch niemals die Natur erforscht hätte. Er sah den Himmel für ein Azurgewölbe an, auf welchem Sonne und Mond die wichtigsten Gestirne zu sein schienen; erstere brachte stets das Tageslicht, letzterer das der Nacht hervor. Man sah sie erscheinen oder sich auf einer Seite erheben und auf der anderen verschwinden oder untergehen, nachdem sie ihren Lauf vollendet und ihr Licht einen bestimmten Zeitabschnitt über hatten leuchten lassen. Das Meer schien von derselben Farbe wie das Azurgewölbe, und man glaubte, daß es den Himmel berühre, wenn man es von weitem betrachtete. Alle diesbezüglichen Gedanken des Volkes halten oder können sich nur an diese drei oder vier Eindrücke halten; und wie fehlerhaft sie auch sein mögen, man muß sich nach ihnen richten, um sich zu seinem Standpunkt herabzulassen.

Da das Meer sich in der Ferne mit dem Himmel zu vereinigen schien, mußte man sich natürlich einbilden, daß es obere und untere Gewässer gäbe, deren eine den Himmel anfüllten, die anderen das Meer. Und um die oberen Gewässer zu halten, gab es ein Firmament, will sagen, eine Stütze, eine starke und durchscheinende Wölbung, durch die man die azurnen oberen Gewässer erblickte.

Hier ist nun, was der Text der Genesis sagt:

„Es werde eine Feste zwischen den Wassern, und die sei ein Unterschied zwischen den Wassern. Da machte Gott die Feste, und schied das Wasser unter der Feste von dem Wasser über der Feste. Und Gott nannte die Feste Himmel . . . Und alle unter der Feste versammelten Wasser nannte er Meer."

Klar ist, daß man auf diese Ideen beziehen muß:

1. die Katarakte des Himmels, die Türen und Fenster des festen Firmaments, die sich auftun, wenn die oberen Gewässer auf die Erde fallen sollen, um sie zu überschwemmen,

2. den gemeinsamen Ursprung von Fischen und Vögeln, erstere durch die unteren Wasser hervorgebracht, die Vögel durch die oberen Gewässer, weil sie sich auf ihrem Fluge der Azurwölbung nähern, von welcher das Volk glaubt, daß sie nicht viel höher ist als die Wolken.

Ebenso glaubt dies Volk, daß die Sterne, die wie Nägel in die Wölbung geheftet, viel kleiner als der Mond, unendlich viel kleiner als die Sonne seien. Es unterscheidet die Planeten von den Fixsternen nur durch den Namen: die umherschweifenden Sterne. Zweifelsohne werden aus diesem Grunde die Planeten in der ganzen Schöpfungsgeschichte nicht erwähnt. Alles dies ist in Rücksicht auf den gewöhnlichen Menschen dargestellt worden, bei dem es sich nicht darum handelt, ihm das wirkliche System der Natur zu erklären, sondern für den die Belehrung dessen hinreiche, was er dem höchsten Wesen schuldete, indem man ihm dessen Erzeugnisse als Wohltaten zeigte. All die erhabenen Wahrzeichen der Weltorganisation, wenn man so sagen kann, dürfen nur mit der Zeit sichtbar werden, und das oberste Wesen sparte sie sich vielleicht als das sicherste Mittel auf, den Menschen an sich zu gemahnen, wenn sein Glaube, von Jahrhundert zu Jahrhundert sich vermindernd, kraftlos, schwankend und fast zunichte geworden wäre; wenn er entfernt von seinem Ursprung, ihn schließlich vergessen würde, wenn er an das große Schauspiel des Weltalls gewöhnt, aufhören sollte, dadurch gerührt zu sein und wagen würde, den Schöpfer nicht kennen zu wollen. Die großen aufeinander folgenden Entdeckungen festigten und vergrößerten den Gedanken an dies unendliche Wesen in dem Menschengeiste. Jeder Schritt, den man in der Natur tut, erzeugt diese Wirkung, indem er einen dem Schöpfer näher bringt. Eine neue Wahrheit wird ein großes Wunder, ein größeres Wunder zum höheren Ruhme des hohen Wesens als alle, die man uns aufführt, weil die, selbst wenn man sie gelten läßt, nur Glanzlichter sind, die Gott unmittelbar und selten aufsetzt. Statt wie bei den andern, bedient er sich des Menschen selbst, um die unbegreiflichen Wunder der Natur zu entdecken und kund zu tun, die in jedem Augenblick hervorgebracht, zu jeder Zeit und für alle Zeiten zu seiner Betrachtung aufgezählt, den Menschen unaufhörlich, nicht allein durch das gegenwärtige Schauspiel, sondern mehr noch durch die aufeinander folgenden Entwicklungen an seinen Schöpfer gemahnen müssen.

Das ist's, was unsere unwissenden und dünkelhaften Theologen uns lehren müßten. Die große Kunst besteht darin, immer die Kunde von der Natur mit der der Theologie zu vermischen, nicht darin, heilige Dinge und Vernunft, Glaubenstreue und Philosophie unaufhörlich gegeneinander auszuspielen.

Eine der Quellen des Mißkredits, in den die heiligen Bücher gerieten, sind die gewaltsamen Auslegungen, die unsere so hochfahrende, so abgeschmackte, mit unserem Elend so übereinstimmende Eigenliebe allen Stellen zu geben wußte, die wir uns nicht zu erklären vermögen. Von da sind die bildlichen Bedeutungen, die ungewöhnlichen und unschicklichen Gedanken, die abergläubischen Übungen, die seltsamen Gebräuche, die lächerlichen oder ungereimten Entscheidungen, ausgegangen, in denen wir untergehen. All die menschlichen Narrheiten stützen sich auf Stellen, die den Auslegern Widerstand entgegensetzen, die sich abplagen, hartnäckig sind und nichts wissen, wie wenn das höchste Wesen dem Menschen nicht die Wahrheiten zu geben vermocht hätte, die er nur in künftigen Jahrhunderten kennen lernen, wissen und ergründen sollte. In dem Augenblick, wo wir gelten lassen, daß die Bibel für den Weltkreis geschaffen worden ist, soll man erwägen, daß man heute sehr viel mehr Dinge tut, die man — vierzig Jahrhunderte sind inzwischen verstrichen — damals nicht kannte, und daß man in vierhundert weiteren Jahren Geschehnisse kennen wird, die wir nicht wissen. Warum also vorgreifend urteilen wollen! Kenntnisse erwirbt man stufenweise fortschreitend, und sie erschließen sich nur in unmerklichem Vorwärtsgehen, welches die Umwälzungen der Reiche und der Natur verzögern oder beschleunigen. Nun heischt das Verständnis der Bibel, die seit einer so großen Zahl von Jahrhunderten vorhanden ist — gibt es doch wenige Dinge von einem ebenso hohen Alter anzuführen — vielleicht noch eine lange Periode von Anstrengungen und Nachforschungen.

Einer der Artikel der Genesis, die dem Menschenverstande ungewöhnlich zugesetzt hat, ist der Vers siebenundzwanzig des ersten Kapitels:

„Und Gott schuf den Menschen ihm zum Bilde, zum Bilde Gottes schuf er ihn; und schuf sie einen Mann und ein Weib."

Es ist sehr klar, und es ist sehr augenscheinlich, daß Gott Adam als Zwitter geschaffen hat; denn nach dem folgenden Verse sagt er zu Adam:

„Seid fruchtbar und mehret euch, und füllet die Erde."

Dies wurde am sechsten Tage bewerkstelligt. Erst am siebenten Tage schuf Gott das Weib. Ungeheures tat Gott zwischen der Erschaffung des Mannes und der des Weibes. Er ließ Adam alles kennen lernen, was er geschaffen hatte: Tiere, Pflanzen usw. Alle Tiere erschienen vor Adam.

„Adam bemerkte sie alle; und der Name, den Adam jedem der Tiere gegeben hat, ist sein wirklicher Name."

„Adam gab also einem jeglichen Vieh und Vogel unter dem Himmel und Tier auf dem Felde seinen Namen usw."

Bis dahin ist das Weib noch nicht erschienen; es ist unerschaffen. Adam ist immer Zwitter. Er hat allein fruchtbar sein und sich vermehren können.

Und um die Zeit zu verstehen, während welcher Adam die beiden Geschlechter in sich hat vereinigen können, genügt es, darüber nachzudenken, was diese Tage, von denen die Schrift spricht, sein können, diese sechs Tage der Schöpfung, dieser siebente Tag der Ruhe usw.

Es kann wirklich nur niederschmetternd wirken, daß beinahe alle unsere Theologen, alle unsere Mucker den großen, den heiligen Namen Gottes mißbrauchen; jedesmal ist man verletzt, daß der Mensch ihn herabwürdigt, daß er die Idee des ersten Wesens schändet, indem er ihr die des Hirngespinsts seiner Meinungen unterschiebt. Je tiefer man in den Busen der Natur eindringt, desto höher ehrt man ihren Schöpfer.

Eine blinde Ehrfurcht aber ist Aberglaube; einzig eine aufgeklärte Ehrfurcht gebührt der wahren Religion. Um in lauterer Weise die ersten Taten zu verstehen, die uns der göttliche Interpret hat zuteil werden lassen, muß man, wie es der beredte Buffon tut, mit Sorgfalt die Strahlen auffangen, die von dem himmlischen Lichte ausgegangen sind. Anstatt die Wahrheit zu verdunkeln, kann ihr das nur einen neuen Grad von Glanz hinzufügen.

Worauf kann man, wenn man dies voraussetzt, aus den sechs Tagen, die Moses so genau bezeichnet, indem er sie einen nach dem anderen zählt, schließen, wenn nicht auf sechs Zeitspannen, sechs dauernde Zwischenräume? Diese mangels anderer Ausdrücke durch den Namen Tag angezeigten Zeitspannen können nicht mit unseren wirklichen Tagen in Verbindung gebracht werden, da drei dieser Tage nacheinander verstrichen sind, bevor die Sonne erschaffen worden ist. Diese Tage waren demnach unseren nicht ähnlich, und Moses zeigt das klar an, indem er sie von Abend bis Morgen rechnet, während man die Sonnentage von Morgen bis Abend rechnet und rechnen muß. Diese sechs Tage waren also weder den unsrigen ähnlich, noch untereinander gleich, sie waren der Arbeit angemessen. Es waren demnach nur sechs Zeitspannen. Wenn also Adam den sechsten Tag als Zwitter erschaffen und das Weib erst am Ende des siebenten hervorgebracht worden ist, so hat Adam all die Zeit über, die es Gott gefallen hat, zwischen diese beiden Zeitpunkte zu legen, in sich selber und durch sich selber erzeugen können.

Dieser Zustand der Androgeneität ist weder den Philosophen des Heidentums und seinen Mythologien, noch den Rabbinern unbekannt gewesen. Die einen haben behauptet, Adam sei auf der einen Seite als Mann, auf der anderen als Weib erschaffen worden, aus zwei Körpern zusammengesetzt, die Gott nur zu trennen hatte. Die anderen, wie Plato, haben ihm eine runde Figur von ungewöhnlicher Kraft gegeben; so wollte denn auch das Geschlecht, das von ihm ausging, den Göttern den Krieg erklären. — Jupiter in seinem Zorn wollte es vernichten. — Gab sich aber damit zufrieden, den Menschen zu schwächen, indem er ihn spaltete, und Apollo dehnte die Haut aus, die er am Nabel zusammenband. Davon geht die Neigung aus, die ein Geschlecht nach dem anderen hinzieht, dank dem sehnsüchtigen Wunsche sich zu vereinigen, den beide Hälften verspüren, und die menschliche Unbeständigkeit infolge der Schwierigkeit, die jede Hälfte empfindet, seinem ihm entsprechenden Teile zu begegnen. Erscheint uns ein Weib liebenswürdig, so halten wir es für die Hälfte, mit der wir erst ein Ganzes ausmachen. Der Herr sagt uns: die da, die ist's; bei der Prüfung aber, wehe, ist sie's zu oft nicht.

Zweifelsohne behaupten auf Grund einiger dieser Ideen die Basilitier und die Carpocratier, daß wir in dem Zustande der unschuldigen Natur so wie Adam im Augenblicke der Schöpfung geboren werden und infolgedessen seine Blöße nachahmen müssen. Sie verabscheuen die Ehe, behaupten, die eheliche Vereinigung würde ohne die Sünde niemals auf Erden stattgefunden haben, halten den gemeinsamen Genuß des Weibes für ein Vorrecht ihrer Wiedereinsetzung in die ursprüngliche Unschuld, und setzen ihre Dogmen in einem köstlichen, unterirdischen Tempel in die Tat um, der durch Öfen erwärmt ist, und den sie, Männer und Weiber, ganz nackt betreten. Da war ihnen alles bis zu Vereinigungen erlaubt, die wir Ehebruch und Blutschande nennen, sobald der Älteste oder das Haupt ihrer Gemeinde die Worte der Genesis: „seid fruchtbar und vermehret euch" ausgesprochen hatte.

Tranchelin erneuerte diese Sekte im zwölften Jahrhundert; er predigte offen, Hurerei und Ehebruch wären verdienstvolle Handlungen; und die berühmtesten dieser Sektierer wurden in Savoyen die Turlupins genannt. Mehrere Gelehrte leiten den Ursprung dieser Sekten von Muacha her, der Mutter Afas, des Königs von Juda, der Hohenpriesterin des Priapus: wie man sieht, heißt das zu weit zurückgreifen.

Diese doppelte Kraft Adams scheint noch in der Fabel vom Narziß angedeutet zu sein, der, von Liebe zu sich selber trunken, sich seines Bildes erfreuen will und schließlich einschlummert, da er bei dem Werke scheitert.

Alle diese Zweifel, alle diese Untersuchungen über Genüsse, die unserer wirklichen Natur zuwiderlaufen, haben zu einer großen Frage Veranlassung gegeben, zu wissen: an imperforata mulier possit concipere? „ob ein verschlossenes Mädchen heiraten kann?"

Man kann sich denken, daß gelehrte Jesuiten, wie die Patres Cucufa und Tournemine, dieser Frage auf den Grund gegangen, und daß sie für die Bejahung gewesen sind. „Gottes Werk," sagen sie, „kann auf keinen Fall in einer Weise vorhanden sein, die jenseits der Grenzen der Natur steht; ein scheinbar der Vulva beraubtes Mädchen muß also im Anus Mittel und Wege finden, um dem Triebe der Fortpflanzung, der ersten und unzertrennlichsten der Funktionen unserer Existenz, genug zu tun."

Cucufa und Tournemine sind angegriffen worden; das mußte sein. Der Spanier Sanchez aber, der „auf einem Marmorstuhle sitzend" dreißig Jahre seines Lebens über diese Fragen nachgedacht hat, der niemals weder Pfeffer noch Salz noch Essig zu sich nahm, der, wenn er zu Tische saß, stets seine Füße in die Luft streckte, Sanchez hat seinen Mitbrüdern mit einer Beredtsamkeit, die man nicht glauben möchte, das Nachdenken über eine derartig empfindliche Materie verboten. Nichtsdestoweniger ist die Eifersucht gegen die Jesuiten so mächtig gewesen, daß die Päpste einen für junge Mädchen, die diesen Weg in Ermangelung eines anderen betreten lassen wollten, aufgesparten Fall daraus gemacht haben. Bis Benedikt XIV., aufgeklärt durch die Entdeckungen der Pariser Fakultät, den aufgesparten Fall aufgehoben und den Gebrauch der „Hinterpost" im Sinne der Patres Cucufa und Tournemine erlaubt hat.

Tatsächlich hat Herr Louis, ständiger Sekretär der chirurgischen Akademie, im Jahre 1755 die Frage über die Verschlossenen behandelt; er hat bewiesen, daß die Anelytroiden empfangen könnten, und die in seiner mit Vorrecht gedruckten These angeführten Fälle beweisen es. Trotz dieser Urkundlichkeit unterließ es das Parlament nicht, die These des Herrn Louis als gegen die guten Sitten verstoßend anzugreifen. Der große und nicht minder scharfsinnige und boshafte Chirurg mußte seine Zuflucht zur Sorbonne nehmen; und bewies dann leichtlich, daß das Parlament eine Frage beurteile, die seine Zuständigkeit ebensowenig angehe wie die Beurteilung eines Brechmittels. Und auf diese Erklärung hin gab das Parlament keinerlei Antwort.

Aus all diesem ergibt sich eine für die Fortpflanzung der menschlichen Art sehr wichtige und nicht weniger eigentümliche Wahrheit für den großen Haufen der Leser: daß nämlich viele junge unfruchtbare Frauen darauf angewiesen sind und sogar nach bestem Wissen und Gewissen beide Wege versuchen dürfen, bis sie sich der wahren Straße, die der Schöpfer in sie hineingeführt hat, vergewissert haben.

Die Ischa

Marie Schürmann hat das Problem bearbeitet: Eignet sich das Literaturstudium für das Weib?

Die Schürmann beantwortet es mit einem Ja, will, daß das Weib keine Wissenschaft, selbst die Theologie nicht, ausschließt, und fordert, daß das schöne Geschlecht sich der universellen Wissenschaft widmen müsse, weil das Studium eine Gelehrsamkeit verleihe, welche man nicht durch die gefährliche Hilfe der Erfahrung erwerben könne, und selbst wenn dabei etwas Unberührtheit verloren gehe, würde es recht sein, über gewisse Zurückhaltungen hinwegzukommen zugunsten dieser frühreifen Klugheit, die außerdem von dem Studium befruchtet würde, dessen Überlegungen lasterhafte Gedanken abschwächten und ablehnten und die Gefahr der Gelegenheiten verringerte.

Die Frauenerziehung ist bei allen Völkern, selbst bei denen, die für die gebildeten durchgehen, so vernachlässigt worden, daß es sehr erstaunlich ist, wenn man trotzdem ihrer eine so große Zahl, die durch ihre Gelehrsamkeit und ihre Werke berühmt sind, kennt. Seit Boccaccios Buche von den berühmten Frauen bis zu den dicken Quartwälzern des Mönchs Hilerion Coste, haben wir eine große Zahl Namenregister von dieser Art; und Wolf hat uns einen Katalog der berühmten Frauen geschenkt, im Anhange der Fragmente hervorragender Griechinnen, die in Prosa geschrieben haben. Juden, Griechen, Römer und alle Völker des modernen Europas haben berühmte Frauen gehabt.

Es ist daher erstaunlich, daß bei der angeblichen Übereinstimmung der Vortrefflichkeit des Mannes und des Weibes verschiedene Vorurteile der Vervollkommnungsfähigkeit der Frauen gegenüber entstanden sind. Je mehr man diese so ungewöhnliche (denn das ist sie doch so unendlich, weil der Gegenstand der Anbetung der Männer durchaus ihre Sklavin sein soll) Sache erforscht, desto klarer wird es einem, daß sie sich hauptsächlich auf das Recht des Stärkeren, den Einfluß der politischen Systeme und besonders auf den der Religionen stützt, denn das Christentum ist die einzige, die dem Weibe in genauer und klarer Weise alle Rechte der Gleichheit einräumt.

Ich habe keine Lust, die Erörterungen wieder aufzunehmen, die Pozzo in seinem Werke „Das Weib besser als der Mann" wenig galant „Paradoxe" genannt hat. Doch ist es so natürlich, daß man, wenn man den Wert dieser Himmelsgabe, die man die Schönheit nennt, überlegt, sich dieses lebhafte und rührende Bild so tief einprägt, daß man bald begeistert wird; und wenn man dann die heiligen Bücher liest, ist man nicht weiter erstaunt, daß das Weib die Ergänzung der Werke Gottes ist, welches er erst nach allem, was da ist, erschaffen hat, wie wenn er hätte anzeigen wollen, daß er sein erhabenes Werk durch das Meisterwerk der Schöpfung beschließe. Von diesem vielleicht religiöseren als philosophischen Gesichtspunkt aus will ich das Weib betrachten.

Nicht in Hitze ist das Weltall erschaffen worden. Es ist in mehreren Malen geschehen, damit seine wunderbare Gesamtheit bewiese, daß, wenn der alleinige Wille des höchsten Wesens Vorbild ist, er der Herr des Stoffs, der Zeit, des Handelns und der Untersuchung war. Der ewige Geometer handelt ohne Notwendigkeit wie ohne Bedürfnis; er ist niemals weder beengt noch behindert gewesen. Man sieht, wie er während der sechs Zeitspannen der Schöpfung die Materie ohne Mühe, ohne Anstrengung formt, gestaltet, bewegt, und wenn eine Sache von der anderen abhängt, wenn zum Beispiel das Entstehen und Gedeihen der Pflanzen von der Sonnenwärme abhängt, es nur geschieht, um den Zusammenhang aller Teile des Weltalls anzuzeigen und seine Weisheit durch diese wunderbare Verkettung zu enthüllen.

Alles jedoch, was die Bibel von der Schöpfung des Weltalls kündet, ist nichts im Vergleich mit dem, was sie über die Erschaffung des ersten vernunftbegabten Wesens sagt. Bis dahin ist alles auf Befehl geschehen; als es sich aber darum handelte, den Menschen zu schaffen, wechselt das System und die Sprache mit ihm. Da gibt's nicht mehr das gebieterische und plötzliche, da ertönt ein abgewogenes und süßeres, obwohl nicht minder kräftiges Wort. Gott hält mit sich selbst Rat, wie um sehen zu lassen, daß er ein Werk hervorbringen will, welches alles überbieten soll, was er bis dahin ins Leben erweckt hat. „Laßt uns den Menschen machen", sagt er. Es ist klar, daß Gott mit sich selbst spricht. Es ist ein Unerhörtes in der ganzen Bibel, kein anderer wie Gott hat von sich selber in der Mehrheit gesprochen: „Laßt uns machen." In der ganzen Schrift spricht Gott nur zwei- oder dreimal so, und diese außergewöhnliche Sprache hebt nur an sich kundzutun, als es sich um den Menschen handelt.

Nach dieser Erschaffung verstreicht eine beträchtliche Zeit, bevor das neue doppelgeschlechtliche Wesen den Lebensodem empfängt; erst in der siebenten Zeitspanne geschieht's. Adam hat lange in dem Zustande lauterer Natur existiert und besaß nur den Instinkt der Tiere. Als aber der Atem ihm eingeflößt worden war, sah sich Adam als den König der Erde, er machte sich seine Vernunft zunutze „und er gab allen Dingen einen Namen".

Es sind also zwei verschiedene Schöpfungen; die des Menschen, die seines Geistes; und einzig hier erscheint das Weib. Sie ist nicht aus dem Nichts erschaffen, wie alles, was vorhergeht; sie entsteht aus dem Vollkommensten, was vorhanden ist. Es blieb nichts mehr zu schaffen. Gott zog aus Adam die höchste Reinheit seines Wesens heraus, um die Welt mit dem vollkommensten Wesen zu verschönen, das noch erschienen ist, mit dem er das göttliche Werk der Schöpfung vervollständigte.

Das Wort, dessen sich der hebräische Gesetzgeber bedient, um dies Wesen zu bezeichnen, erscheint noch einmal in virago wieder, das sich im Französischen nicht übersetzen läßt, das das Wort Frau nicht wiedergibt, und das sich nur durch die Idee der männlichen Fähigkeit empfinden läßt. Denn vir heißt Mann, und ago ich handle. Früher sagte man vira und nicht virago. Die Septuaginta aber erklärt, daß sich der Sinn des Hebräischen durch das Wort vira nicht wiedergeben ließe, sie hat ago hinzugefügt.

Es erstaunt mich daher nicht, daß die Schürmann die Beschaffenheit des schönen Geschlechts so sehr herausstreicht und sich gegen die Sekten entrüstet, die es herabsetzen. Das Gleichnis, dessen sich die Schrift bedient, indem sie das Weib aus Adams Rippe formt, will nichts anderes dartun, als daß dies neue Geschöpf nur eins sein soll mit der Person seines Gatten, dessen Seele und Alles sie ist. Nur die Tyrannei des stärkeren Geschlechts hat die Gleichheitsbegriffe verändern können.

Im Heidentume wurden diese Begriffe durchaus unterschieden, da die Alten beide Geschlechter mit der Gottheit verbanden: das ist ohne Rücksicht auf das ganze System in der Mythologie genau dargetan worden. Wenn die Heiden den Menschen vom Augenblicke seiner Geburt an unter den Schutz der Macht, des Glückes, der Liebe und Notwendigkeit stellten, denn das wollen Dynamis, Tyche, Eros und Ananke besagen, so war das wahrscheinlich nur eine sinnreiche Allegorie, um unsere Stellung zu erklären, denn wir verbringen unser Leben mit Befehlen, Gehorchen, mit Wünschen und mit Nachstreben. In anderem Falle hätte es bedeutet, den Menschen recht ausschweifenden Führern anzuvertrauen, denn die Macht ist die Mutter der Ungerechtigkeiten, das Glück die der Launen; die Notwendigkeit bringt Freveltaten hervor und die Liebe steht selten in Übereinstimmung mit der Vernunft.

Wie verhüllt auch die Dogmen des Heidentums sein mögen, keine Zweifel bestehen über die Wirklichkeit des Kults der Hauptgottheiten; und der der Juno, der Frau und Schwester des Götterobersten, war einer der allgemeinsten und geschätztesten. Das Epitheton Weib und Schwester zeigt ihre Allmacht zur Genüge: wer die Gesetze gibt, kann sie übertreten. Das berühmte und nicht minder bequeme geheime Mittel, seine Jungfernschaft wiederzugewinnen, indem man sich in der Quelle Canathus auf dem Peloponnes badete, war einer der schlagendsten Beweise von dieser Macht, die alles bei den Göttern wie bei den Menschen rechtfertigt. Das Bild von der Rachsucht der Juno, unaufhörlich auf den Theatern dargestellt, verbreitete den Schrecken, den diese furchtbare Göttin einflößte. Europa, Asien, Afrika, zivilisierte wie barbarische Völker verehrten und fürchteten sie um die Wette. Man sah in ihr eine ehrsüchtige, stolze, eifersüchtige Königin, welche die Weltherrschaft mit ihrem Gatten teilte, all seinen Beratungen beiwohnend und von ihm selber gefürchtet.

Eine so allgemeine demütige Verehrung, die zweifelsohne nichts mit der sehr viel schmeichelhafteren zu tun hat, die man der Schönheit darbrachte, die geschaffen war, zu verführen und nicht zu erschrecken, beweist zum wenigsten, daß in den Gedanken der ersten Menschen der Weltenthron von beiden Geschlechtern geteilt wurde. Ein berühmter Schriftsteller des verflossenen Jahrhunderts ist noch weiter gegangen; es hat ihm keine Schwierigkeit bereitet zu sagen, dieser Vorrang der Juno vor den anderen Göttern war die wirkliche Macht, aus der die übermäßige Verehrung der heiligen Jungfrau hervorging, auf die die Christen verfallen sind. Erasmus selber hat behauptet, daß der Brauch, die Jungfrau nach Predigtbeginn auf der Kanzel zu grüßen, von den Alten herrühre. Gewöhnlich suchen die Menschen mit den geistigen Ideen des Kults sinnliche Ideen zu verbinden, die sie rühren und bald hernach erstere unterdrücken. Sie beziehen, und sind wohl gezwungen, alles auf ihre Ideen zu beziehen. Nun wissen sie, daß man aus der Niedrigkeit wie aus dem Wohlwollen der Könige nichts anderes gewinnt, als was deren Minister beschlossen haben; sie halten Gott für gut, aber hinhaltend und bilden sich nach den irdischen Höfen den Himmelshof. Danach ist der Kult der Jungfrau leichter zu fassen für den Menschenverstand als der des Allmächtigen, der ebenso unerklärlich wie unfaßbar ist.

Sobald das Volk von Ephesus erfahren hatte, daß die Väter des Konzils entschieden hätten, daß man die Jungfrau die Heilige nennen durfte, gerieten sie vor Freude außer sich. Seitdem hat man der Mutter Gottes einzige Verehrungen gezollt; alle Almosen fließen ihr zu, und Jesus Christus bekommt keine Opfergaben mehr. Diese Inbrunst hat niemals völlig aufgehört. Es gibt in Frankreich dreiunddreißig Kathedralen und drei erzbischöfliche Kirchen, die der Jungfrau geweiht sind. Ludwig der Dreizehnte weihte ihr seine Person, seine Familie und sein Königreich. Bei der Geburt Ludwigs des Vierzehnten sandte er das Gewicht des Kindes in Gold an Unsere Frau von Loretto, die, wie man ohne gottlos zu sein, glauben darf, sich sehr wenig in Anna von Österreichs Schwangerschaft hineingemischt hat.

Noch ungewöhnlicher als all das ist, daß man im zweiten Jahrhundert der Kirche dem heiligen Geiste weibliches Geschlecht gegeben hat. Tatsächlich ist ruats tuach, was auf Hebräisch Geist heißt, weiblichen Geschlechts, und die, welche dieser Meinung waren, nannten sich Eliesaiten.

Ohne dieser unrichtigen Meinung irgendwelchen Wert beizumessen, muß ich bemerken, daß die Juden keine Begriffe von dem Mysterium der Dreieinigkeit gehabt haben. Selbst die Apostel sind von dem Dogma der Einheit Gottes ohne Abänderungen fest überzeugt gewesen; nur in den letzten Augenblicken hat Jesus Christus dies Mysterium offenbart. Wenn nun Gott eine der drei Personen der Dreieinigkeit auf die Erde schicken wollte, konnte er sie senden, ohne sie in Fleisch und Blut zu verwandeln; er konnte die Person des Vaters oder des heiligen Geistes wie des Sohnes senden; er konnte sie in einem Manne wie in einem Weibe Mensch werden lassen. Die göttliche Wahl traf eine Art Aufmerksamkeit oder Vorzug für das Weib. Jesus Christus hat eine Mutter gehabt, er hat keinen Vater gehabt. Die erste Person, mit welcher er sprach, war die Samaritanerin, die erste, der er sich nach seiner Wiederauferstehung zeigte, war Maria Magdalena usw. Kurz, der Heiland hat stets eine für ihr Geschlecht sehr ehrenvolle Vorliebe für die Frauen gehabt.

Eine wahrhaft schmeichelhafte Huldigung aber für ihn, eine wahrhaft segensreiche Erfindung für die menschliche Gesellschaft würde es sein, wenn man die geeigneten Mittel fände, der Schönheit den Lohn der Tugend zu verleihen, sie selber dazu anzufeuern, auf daß alle Menschen angespornt würden, ihren Brüdern Gutes zu tun, sowohl durch die Freuden der Seele, als auch durch die der Sinne, damit alle Fähigkeiten, mit denen das höchste Wesen unsere Art begabt hat, wetteiferten, uns gerechte und wohltätige Gesetze lieben zu lassen. Unmöglich ist es nicht, dies vom Patriotismus, der Weisheit und der Vernunft so lebhaft ersehnte Ziel eines Tages zu erreichen; aber, ach Gott, wie weit sind wir noch davon entfernt!

Die Tropoide

Die Verderbnis der Sitten, die Bestechlichkeit des menschlichen Herzens, die Verirrungen des Menschengeistes sind von unseren Sittenrichtern derartig abgedroschene Gegenstände der Behandlung, daß man meinen sollte, das augenblickliche Jahrhundert sei ein Greuel der Verwüstung, denn die französische Sprache besitzt keinen noch so kräftigen Ausdruck, dessen sich Nörgler nicht bedienten. Wenn man indessen einen flüchtigen Blick auf die vergangenen Jahrhunderte tun will, auf eben die, welche man uns als Beispiele anpreist, so wird man, daran zweifle ich nicht, viel Beklagenswertes finden. Unsere Aufführung und unsere Sitten zum Beispiel taugen mehr als die des Volkes Gottes. Ich weiß nicht, was unsere Salbaderer sagen würden, wenn sie unter uns eine so schmutzige Verderbtheit sähen, wie die, welche mit dem schönen Jahrhundert der Patriarchen in Einklang steht.

Ich sage nichts darwider, daß Moses Gesetze weise, billig, wohltätig gewesen seien, aber diese an der Stiftshütte angebrachten Gesetze, deren Zweck es anscheinend gewesen ist, den Bund der Hebräer unter sich durch den Bund der Menschen mit Gott zu verknüpfen, beweisen unwiderleglich, daß dies auserwählte, geliebte und bevorzugte Volk sehr viel bresthafter als jedes andere gewesen ist, wie wir in der Folge dieses Aufsatzes beweisen wollen.

Man denkt nicht genug daran, daß alles relativ ist. Keine Gründung kann gemäß dem Geiste ihrer Einrichtung geführt werden, wenn er nicht nach dem Gesetz der Schuldigkeit gelenkt wird, das nichts anderes wie das Gefühl dieser Schuldigkeit ist. Die wirkliche Kraft der Autorität ruht in der Meinung und im Herzen des Untertanen, woraus folgt, daß für die Handhabung der Herrschaft nichts die Sitten ergänzen kann: es gibt nur gute Leute, die die Gesetze handhaben können, aber es gibt nur ehrliche Leute, die ihnen wahrhaft zu gehorchen wissen. Denn außer, daß es sehr leicht ist, ihnen auszuweichen, außer daß die, deren einziges Gewissen sie bilden, der Tugend und selbst der Billigkeit recht fernstehen, weiß der, der Gewissensbissen trotzt, auch den Strafen Trotz zu bieten, die eine sehr viel weniger lange Züchtigung als erstere sind, denen zu entgehen man ja auch immer hoffen kann. Wenn aber die Hoffnung auf Straflosigkeit zur Anfeuerung zu Gesetzesübertretungen genügt, oder wenn man zufrieden ist, wofern man es nur übertreten hat, ist das Hauptinteresse nicht mehr persönlich und alle einzelnen Interessen vereinigen sich gegen es: dann haben die Leiter unendlich viel mehr Macht, die Gesetze zu schwächen, als die Gesetze, die Laster zu unterdrücken. Und es endigt damit, daß man dem Gesetzgeber nur noch scheinbar gehorcht. Zu dem Zeitpunkte sind die besten Gesetze die unseligsten, da sie nicht mehr vorhanden sind, sie würden eine Zuflucht sein, wenn man sie noch befolgte. Ein schwacher Schutz indessen! Denn die vermehrten Gesetze sind die verachteteren, und neue Aufseher werden ebenso viele neue Übertreter.

Der Einfluß der Gesetze steht daher stets im Verhältnis zu dem der Sitten, das ist eine bekannte und unwiderlegbare Wahrheit, das Wort Sitten aber ist recht unbegrenzt und verlangt nach einer Erklärung.

Sitten sind und müssen in der einen Gegend ganz anders als in der anderen, und bezugnehmend auf den Nationalgeist und die Natur der Herrschaft sein. Der Charakter der Verweser hat auch großen Einfluß auf sie, und auf all diese Beziehungen Rücksicht nehmend, muß man sie betrachten. Wenn der Preis der Tugend zum Beispiel dem Raube zuerkannt wird, wenn gemeine Menschen wohlangesehen sind, die Würde unter die Füße getreten, die Macht von ihren Austeilern herabgesetzt, die Ehren entehrt, wird die Pest sicherlich alle Tage zunehmen, das Volk seufzend schreien: „Meine Leiden rühren nur von denen her, die ich bezahle, um mich davor zu bewahren!" und zu seiner Betäubung wird man sich in die Verderbnis stürzen, die man überall ans Licht zerren wird, um das Gemurmel zu übertönen.

Wenn dagegen die Verwahrer des Ansehens den dunklen Kunstgriff der Verderbtheit verschmähen und einen Erfolg nur von ihren Bemühungen erwarten und die öffentliche Gunst nur von ihren Erfolgen, dann werden die Sitten gut sein und einen Ersatz für das Genie des Oberhaupt es bilden; denn je mehr Spannkraft die öffentliche Meinung hat, desto weniger bedarf es der Talente. Selbst Ruhmsucht wird mehr durch Pflicht als durch widerrechtliche Besitznahme gefördert, und das Volk, überzeugt, daß seine Oberen nur für sein Glück wirken, entschädigt sie durch seinen Eifer, für die Befestigung der Macht zu arbeiten.

Ich habe gesagt, die Sitten müßten im Verhältnis zur Natur der Regierung stehen; von diesem Gesichtspunkt aus muß man sie also auch beurteilen. Tatsächlich muß in einer Republik, die nur durch Sparsamkeit bestehen kann, Einfachheit, Genügsamkeit, Nachsicht, der Geist der Ordnung, des Eigennutzes, selbst des Geizes die Oberhand haben, und der Staat muß in Fährnis geraten, wenn der Luxus die Sitten verfeinern und verderben wird.

In einer begrenzten Monarchie dagegen wird die Freiheit für ein so großes und für ein stets so bedrohtes Gut angesehen werden, daß jeder Krieg, jede zu ihrer Erhaltung, zur Verbreitung oder Verteidigung des Nationalruhmes unternommene Handlung nur wenige Widersprecher finden wird. Das Volk wird stolz, edelmütig, hartnäckig sein, und Ausschweifung und die zügelloseste Üppigkeit werden die Allgemeinheit nicht entnerven.

In einer ganz absoluten Monarchie würde der strengste und vollkommenste Despotismus herrschen, wenn das schöne Geschlecht dort nicht den Ton angäbe. Galanterie, Gefallen an allen Freuden, allen Frivolitäten ist ganz natürlich und ohne Gefahr Nationaleigenschaft, und vage Redereien über diese moralischen Unvollkommenheiten sind sinnlos.

Unter solcher Voraussetzung wollen wir im Fluge prüfen, ob unsere Sitten und einige unserer Gebräuche, nach einem Vergleiche mit denen mehrerer berühmter Völker, noch als so abscheulich erscheinen müssen.

Auf den ersten Blick in den Levitikus sieht man, bis zu welchem Maße das jüdische Volk verderbt gewesen ist. Bekanntlich stammt das Wort Levitikus von Levi ab, welches der Name eines von den übrigen getrennten Stammes war, da er hauptsächlich sich dem Kult widmete. Von ihm kommen die Leviten oder Priester und das heutige Kleidungsstück her, welches diesen Namen trägt, ohne ein sehr authentisches Denkmal unserer Ehrerbietung zu sein. Moses behandelt in diesem Buche die Weihen, die Opfer, die Unreinheit des Volkes, den Kult, die Gelübde usw.

Ich will im Vorübergehen bemerken, daß die Form der Weihen bei den Hebräern sonderbar war. Moses machte seinen Bruder Aaron zum Hohenpriester. Dazu entkehlte er einen Widder, tauchte seinen Finger in das Blut und fuhr mit ihm über Aarons rechte Ohrmuschel und über seinen rechten Daumen.

Wenn man heutigentags den Kardinal Rohan, den Bischof von Senlis in der Kapelle weihen und ihn mit dem Finger ganz warmes Blut auf das Ohrläppchen streichen sieht, kann man nicht mehr umhin, sich die Gravüre des Abbé Dubois zur Zeit der Regentschaft ins Gedächtnis zurückzurufen, man sieht ihn zu Füßen eines Mädchens knien, die von dem unreinen Ausfluß nimmt, der die Weiber alle Monate quält, um ihm damit die Priestermütze rot anzustreichen und ihn zum Kardinal zu machen.

Das ganze fünfzehnte Kapitel des Levitikus handelt von nichts anderem wie der Gonorrhoe, unter der die Hebräer sehr zu leiden hatten. Gonorrhoe und Lepra waren ihre minder unangenehmen Unreinheiten; und sie hatten ihrer wirklich mehr als genug, als daß sie sich noch so viele zu erdenken gebraucht hätten. Ein Weib war zum Beispiel unreiner, wenn sie ein Mädchen zur Welt gebracht hatte als einen Jungen. Das ist eine ebensowenig vernünftige wie seltsame Eigentümlichkeit.

Die Hebräer trieben mit Dämonen unter Ziegengestalt Hurerei; diese ungehobelten Dämonen machten da von einer elenden Verwandlung Gebrauch.

Ein Sohn lag bei seiner Mutter und leistete seinem Vater Beistand; wir befinden uns noch nicht auf dieser Stufe der Sohnesliebe. Ein Bruder sah ohne Gewissensbisse seine Schwester in der tiefsten Vertraulichkeit.

Ein Großvater wohnte seiner Enkeltochter bei; das war nicht sehr anakreontisch.

Man schlief bei seiner Tante, bei seiner Schwieger, seiner Stiefschwester, was da nur kleine Sünden waren; endlich erfreute man sich seiner eigenen Tochter.

Die Männer befleckten sich selber vor dem Molochstandbild; später fand man, daß dieser leblose Samen der Statue unwürdig sei; man machte ein Ende damit, indem man ihr ein neugeborenes Kind als Opfer darbot.

Wie die Pagen der Regentschaft dienten die Männer sich untereinander als Weiber.

Sie benutzten alle Tiere , und das schöne Geschlecht ließ sich von Esel, Maultieren usw. befriedigen. Was um so unsittlicher war, als man den Priesterstamm dahin entwickelt zu haben schien, daß er die schlecht versorgten Weiber für sich einnehmen mußte. Man nahm unter die Leviten keine Hinkenden, Verwachsenen, Triefäugigen, Leprösen auf, ebenso keine Menschen, die eine zu kleine, schiefe Nase hatten, man mußte eine schöne Nase besitzen.

An dieser Musterkarte sieht man, wie es um die Sitten des Volkes Gottes bestellt war; gewißlich kann man sie nicht mit unserem Lebenswandel vergleichen. Meines Bedünkens kann man nach dieser Skizze einer Parallele, die sich noch weiterführen ließe, keinen allzu lauten Einspruch gegen die Vorgänge heutiger Tage erheben.

Die Freigeister übertreiben nicht gerade viel weniger, wenn sie von unseren abergläubischen Gebräuchen reden, als die Priester, wenn sie gegen unsere Laster zu Felde ziehen.

Wir haben den traurigen Vorteil, was die Wut des Fanatismus anlangt, von keiner anderen Nation übertroffen zu werden; der Wahnsinn des Aberglaubens jedoch hat in anderen Religionen noch weiter um sich gegriffen.

Bei uns sieht man keine Menschen, die beschaulich auf einer Matte sitzend ins Blaue hinein warten, bis das himmlische Feuer ihre Seele überkommt. Man sieht keine vom Teufel Besessenen, die niederknien und die Stirn gegen die Erde schlagen, um den Überfluß aus ihr hervorzulocken, keine unbeweglichen Büßer, die stumm sind wie die Statue, vor der sie sich demütigen. Man sieht hier nicht vorzeigen, was die Scham verbirgt, unter dem Vorwande, daß Gott sich seines Ebenbildes nicht schäme; oder sich bis zum Gesichte verschleiern, wie wenn der Schöpfer Abscheu vor seinem Werke hätte. Wir drehen uns nicht mit dem Rücken gen Mittag, um des Teufelswindes willen; wir breiten nicht die Arme nach Osten aus, um dort das Strahlenantlitz der Gottheit zu entdecken. Wir sehen, wenigstens in der Öffentlichkeit, keine jungen Mädchen unter Tränen ihre unschuldigen weiblichen Reize zerstören, um die böse Lust durch Mittel zu besänftigen, die sie zu oft nur noch mehr herausfordern. Wieder andere, ihre geheimsten Reize zur Schau stellend, warten und fordern in der wollüstigsten Stellung die Annäherung der Gottheit heraus. Um ihre Sinne abzuschwächen, heften sich junge Leute einen Ring, der im Verhältnis zu ihren Kräften steht, an ihre Geschlechtsteile. Wieder andere wollen der Versuchung durch die Operation des Origines entgehen und hängen die Beute dieses gräßlichen Opfers am Altar auf . . .

Mit all diesen Verirrungen haben wir wirklich nichts zu tun.

Was würden unsere Salbaderer sagen, wenn die, wie um ihre Tempel, um unsere Kirchen gepflanzten heiligen Haine das Theater aller Ausschweifungen wären? Wenn man unsere Frauen verpflichtete, sich preiszugeben, wenigstens einmal, zu Ehren der Gottheit? Und man könnte ja sehen, ob die dem schönen Geschlechte natürliche Frömmigkeit ihm erlaubte, zu Zeiten, wo es der Brauch verlangte, sich dort ihm zu fügen.

Der heilige Augustin berichtet in seiner Gott-Stadt, daß man auf dem Kapitol Frauen erblicke, die sich den Freuden der Gottheit weihten, von denen sie gemeiniglich schwanger würden. Es ist möglich, daß auch bei uns mehr als ein Priester mehr als einen Altar schändet; aber er verkleidet sich wenigstens nicht als Gott. Der berühmte Kirchenvater, den ich eben anführte, fügt in demselben Werke mehrere Einzelheiten an, die beweisen, daß, wenn die Religionen bei den Modernen viele Verführungen bemänteln, der Kult der Alten wenigstens nicht im mindesten so anständig war wie der unsrige. In Italien, sagt er, und besonders in Lavinium, trug man bei den Bacchusfesten männliche Glieder, denen die angesehenste Matrone einen Kranz aufsetzte, in feierlichem Zuge herum. Die Isisfeste waren genau so anständig.

An gleicher Stelle führt der heilige Augustinus in langer Reihe die Gottheiten auf, die bei der Hochzeit den Vorsitz führen. Wenn das Mädchen sein Versprechen gegeben hatte, führten die Matronen sie zum Gotte Priapus, dessen übernatürliche Eigenschaften man kennt. Man ließ die junge Verheiratete sich auf das ungeheure Glied des Gottes setzen, dort nahm man ihr den Gürtel ab und rief die dea virginiensis an. Der Gott Subigus unterwarf das Mädchen dem Entzücken des Gatten. Die Göttin Prema befriedigte sie unter ihm, um zu verhindern, daß sie sich allzu viel bewegte. (Wie man sieht, war alles vorgesehen, und die römischen Mädchen wurden gut vorbereitet.) Schließlich kam die Göttin Pertunda, was soviel wie die Durchbohrerin heißt, deren Geschäft war es, sagt Sankt Augustinus, dem Manne den Pfad der Wollust zu öffnen. Glücklicherweise war dieses Amt einer weiblichen Gottheit eingeräumt worden, denn, wie der Bischof von Hippona sehr gescheit bemerkt, würde der Ehemann nicht gern geduldet haben, daß ein Gott ihm diesen Dienst erweise und ihm an einem Orte Hilfe zuteil werden ließe, wo man ihrer nur allzu häufig nicht bedarf.

Noch einmal: sind unsere Sitten minder anständig als die da? Und warum dann unsere Fehler und unsere Schwächen übertreiben? Warum Schrecken in die Seele der jungen Mädchen und Mißtrauen in die der Ehemänner pflanzen? Wäre es nicht besser, wenn man alles milderte, alles aussöhnte?

Die braven Kasuistiker sind entgegenkommender. Lest unter so vielen anderen den Jesuiten Filliutius, der mit einem außerordentlichen Scharfsinn sich darüber ausläßt, bis zu welchem Punkte die wollüstigen Berührungen gehen dürfen, ohne strafbar zu werden. Er entscheidet zum Beispiel, ein Ehemann habe sich sehr viel weniger zu beklagen, wenn sich sein Weib einem Fremden in einer wider die Natur gehenden Weise hingibt, als wenn sie einfach mit ihm einen Ehebruch begeht und die Sünde tut, wie sie Gott befiehlt, „weil", sagt Filliutius, „auf erstere Weise das legitime Gefäß, über welches der Ehemann ausschließliche Rechte hat, nicht berührt wird . . .“

O, welche köstliche Himmelsgabe ist ein friedsames Gemüt!

Die Thalaba

Eines der schönsten Denkmäler der Weisheit der Alten ist ihre Gymnastik. Besonders dadurch scheinen sie begieriger gewesen zu sein, vorzubeugen als zu strafen. Eine große Klugheit in politischer Beziehung! Die Feinde, sagten die Athener, sind dazu geschaffen, die Verbrechen zu bestrafen, die Bürger die Sitten hochzuhalten. Daher die voraussehende und heilsame Aufmerksamkeit der Jugenderziehung gegenüber. Der erste Ausbruch der Leidenschaften und ihr Ungestüm verursachen diesem heftigen Alter die stärksten Erschütterungen; es bedarf einer männlichen Erziehung, deren Strenge jedoch durch bestimmte Vergnügungen gemildert sein muß, die mit dem großen Gegenstande, Männer zu bilden, im Einklang stehen. Nun gab es dort nur körperliche Übungen, bei denen Arbeit und Freude glücklich vermischt waren, die zum Teil ständig den Körper und infolgedessen auch die Seele beschäftigten, erfreuten und kräftigten.

In Ländern, wo die Glücksgüter recht ungleich verteilt sind, werden stets die niedrigen Schichten der Gesellschaft einigermaßen von der Bedürftigkeit gequält, von der man nicht zu befürchten braucht, daß sie Betäubung durch Müßiggang und Verweichlichung zur Folge hat. Fast unvermeidlich fallen ihr aber die Reichen zum Opfer, wenn eine allgemeine und öffentliche Einrichtung sie nicht einer tätigen Erziehung unterwirft, die beständig zum Wetteifer anfeuert und ein Schutzwall gegen das ist, was im Reichtum, in seinem Genuß und seiner Entartung unaufhörlich zu entnerven sich bestrebt. Kräftige und edelmütige Gefühle können selten in geschwächten Körpern leben, und die Seele eines Spartiaten würde übel in einem Sybaritenleibe untergebracht sein. Alle Völker, die reich an Helden waren, sind ebenso die gewesen, deren kriegerische Erziehung, kräftige Einrichtungen, vollkommene, und gemäß den politischen Ansichten geleitete Gymnastik Kraft und Wetteifer stärkten.

Diese kostbaren Einrichtungen sind heute fast ins Vergessen geraten. In Paris zum Beispiel gibt es gut und gern vierzigtausend von der Polizei zur Erziehung der Jugend eingeschriebene Mädchen, aber es gibt in dieser ungeheuren Hauptstadt nicht eine einzige gute Reitschule, wo man lernen kann, wie man zu Pferde sitzen soll; keinerlei Übungen pflegt man da, wenn es sich nicht um Fechten, Tanzen, Ballspielen handelt, und die haben wir schädlich genug sich auswachsen lassen.

Daraus, und aus recht vielen anderen Dingen, die ich nicht alle anzuführen beabsichtige, folgt, daß unsere Leidenschaften oder vielmehr unsere Verlangen und Geschmäcker (denn wir haben keine Leidenschaften mehr) vor allem über jede moralische Tugend den Sieg davontragen.

Das heftigste unter diesen Verlangen ist zweifellos das, welches ein Geschlecht nach dem anderen trägt. Diesen Hunger haben wir mit allem, was da beseelt oder unbeseelt erschaffen worden ist, gemein. Die Natur hat als zärtliche und fürsorgliche Mutter an die Erhaltung all dessen, was da ist, gedacht. Doch unter den Menschen, diesen Wesen der Wesen, die zu oft nur mit Vernunft begabt zu sein scheinen, um sie zu mißbrauchen, ist das eingetreten, was man niemals bei den anderen Tieren bemerkt hat: sie täuschen nämlich die Natur, indem sie sich der Lust erfreuen, die mit der Fortpflanzung der Art verbunden ist, und lassen dabei das Ziel dieses Reizes außer Acht. So haben wir den Zweck von den Mitteln getrennt; und der Drang der Natur, durch die Bemühungen unserer Einbildungskraft verlängert, lastet auf uns ohne Rücksicht auf Zeiten, Orte, Umstände, Gebräuche, Kult, Sitten, Gesetze, kurz alle Fesseln, die dem Menschen auferlegt sind. Er hat sich nicht länger um die Gewohnheit der Staaten und der Alter gekümmert; denn die Greise werden enthaltsam, doch selten keusch.

Die Art und Weise, die Zwecke der Natur zu vereiteln, hat verschiedene Gründe gehabt: den Aberglauben, der mit seiner häßlichen Maske fast alle unsere Laster und Narrheiten deckt, verschiedene moralische Ursachen, selbst die Philosophie.

Ketzer in Afrika enthielten sich ihrer Weiber und ihr unterschiedliches Verfahren bestand darin, keinen Handel mit ihnen zu haben. Sie stützten sich erstens darauf, daß Abel rein gestorben sei, und nannten sich Abelianer, und zweitens darauf, daß der Apostel Paulus predigte, man sollte mit seinem Weibe sein, wie wenn man keins hätte. Ein abergläubischer Wahnsinn kann nicht weiter verwundern; der Mißbrauch der Philosophie in dieser Hinsicht aber ist sehr sonderbar und ein Werk der Zyniker.

Es ist seltsam, daß unterrichtete Menschen von geübtem Verstande, nachdem sie in der menschlichen Gesellschaft die Sitten des Naturzustandes haben einführen wollen, nicht bemerkt oder sich so wenig Sorge darum gemacht haben, wie lächerlich es ist, verdorbenen und schwachen Menschen die bäurische Grobheit der Jahrhunderte tierischen Lebens aufpfropfen zu wollen. Selbst durch eine so groteske Philosophie oder durch die Liebe, welche die Urheber dieser Doktrin einflößten, verführte Frauen opfern ihr die Schande und die Scham, die tausendmal tiefer im weiblichen Herzen wurzelt als die Keuschheit selber.

Solange als es sich um die eheliche Pflicht handelte, hatten die Zyniker immer noch einige Sophismen anzuführen. Als aber Diogenes, der wenigstens mit einiger Vernunft faselte, diese Moral auf den Grund seiner Tonne beförderte, was konnten da seine Sophismen sein? Der Hochmut, den Vorurteilen zu trotzen, die Art Ruhm — der sklavische Mensch ist in allem und stets ein Freund der Unabhängigkeit —, die sich daran knüpfte, waren allem Anscheine nach die wirklichen Beweggründe. Der Makel des Geheimnisses, der Schande, der Finsternis, würde ihm beleidigende Namen und Nachstellungen eingetragen haben, seine Schamlosigkeit bewahrte ihn davor. Wie kann man sich einbilden, daß ein Mensch denkt, was er tue und am hellen Tage sagt, sei schlecht in Worten und in Werken? Wie kann man einen Menschen verfolgen, der kalt behauptet: „Es ist das ein sehr mächtiges Bedürfnis; ich aber bin glücklich in mir selber zu finden, was andere Menschen zu tausenderlei Ausgaben und Verbrechen veranlaßt. Wenn alle Welt wie ich wäre, würde weder Troja gefallen, noch Priamus auf Jupiters Altar die Kehle abgeschnitten worden sein!" Diese und sehr viele andere Gründe scheinen einige seiner Zeitgenossen verführt zu haben.

Galienus sucht ihn mehr zu rechtfertigen als zu verdammen. Wahr ist's, daß die Mythologie in gewisser Weise den Onanismus geheiligt hatte. Man erzählt, daß Merkur, da er Mitleid mit seinem. Sohne Pan hatte, der Tag und Nacht durchs Gebirge streifte, von heftiger Liebe zu seiner Geliebten gepackt, deren er nicht froh werden konnte, ihm diese fade Erleichterung bezeichnete, die Pan dann die Hirten lehrte.

Noch merkwürdiger als des Galienus Duldsamkeit ist die der Lais, die an Diogenes, diesen Diogenes, der sich durch so viele ungeteilte Freuden befleckte, ihre Gunst verschwendete, die ganz Griechenland mit Gold aufgewogen haben würde, und um seinetwillen den liebenswürdigen und weisen Aristipp betrog. Würde Lais, wenn ihm dasselbe Abenteuer wie dem Mädchen zugestoßen wäre, die, nachdem sie den Zyniker allzu lange hatte warten lassen, merkte, daß er sie sich aus dem Kopf geschlagen hatte und ihrer nicht mehr bedurfte, sich dem Onanismus gegenüber etwa strenger bezeigt haben?

Woher das Wort Onanismus stammt, weiß man: In der heiligen Schrift läßt Onan seinen Samen auf die Erde fallen, seine Gründe jedoch dürften denen des Diogenes vorzuziehen sein. Juda hatte von Sua drei Söhne: Her, Onan und Sela. Er wollte Nachkommenschaft haben, führte sich seltsam dabei auf, kam aber zum Ziele. Seinen ältesten Sohn Her ließ er Thamar heiraten; als Her ohne Kinder gestorben war, wollte Juda, daß Onan seine Schwägerin beschlafe unter der Bedingung, daß er seinem Bruder Samen erwecke, der nach dem Namen des Ältesten Her genannt werde. Onan weigerte sich, und um den Zweck der Natur ein Schnippchen zu schlagen, hub er, jedesmal wenn er bei Thamar lag, an, sein Trankopfer beiseite zu schütten. Er starb. Juda ließ Thamar seinen dritten Sohn Sela heiraten, der auch kinderlos starb. Juda wurde halsstarrig und nahm das Geschäft, dessen er sehr würdig gewesen zu sein scheint, auf sich, denn er schwängerte seine Tochter „derartig, daß Zwillinge in ihrem Leibe erfunden wurden". Der erste wies seine Hand vor, um welche die Wehenmutter einen roten Faden band, weil er der ältere sein mußte. Aber der kleine Arm zog sich wieder zurück und das andere Kind erschien zu erst und man nannte es Perez.

Die Väter wollen Noah in Perez sehen, Noah das Bild Jesu Christi, der erschienen ist wie der kleine Arm und dessen Leib nur für das neue Gesetz geboren werden durfte. Was aber die Väter klarer als all das sahen, ist, daß durch die Begebenheit mit dem Samen, den Onan beiseite warf, Jesus Christus von der fremden Ruth, der Courtisane Rahab, der Ehebrecherin Bathseba und von Vater auf Tochter von der blutschänderischen Thamar abstammen muß. Doch zur Sache zurück.

Man sieht, daß dem Onanismus, wenn er auch nicht geheiligt wurde, immerhin durch große und alte Beispiele das Wort geredet worden ist.

Die moralischen Gründe, die ihn am häufigsten herausfordern, sind entweder die Furcht, Wesen, die der besonderen Umstände halber unglücklich werden würden, das Leben zu geben, oder die Angst vor Seuchen erzeugenden Berührungen. Denn ohne daß es durchaus bewiesen ist, meint man, daß das Gift auf die Teile des Körpers, die vollkommen mit der Haut bekleidet sind, nicht, sondern nur auf die von ihr entblößten, einwirkt.

Diese und viele andere Umstände verleiten dazu, dem so lebhaften Triebe, der den Menschen zur Fortpflanzung seines Ichs drängt, nur nachzugeben, indem er die Absicht der Natur außer Acht läßt; und die Mittel sie zu täuschen, sind bei den einen zur Leidenschaft, bei vielen anderen zum Bedürfnis geworden. Der Schlaf erregt in den Zölibatären die wollüstigsten Träume. Die Einbildung, geschärft und geschmeichelt durch diese trügerischen Illusionen, die zu einer verstümmelten Wirklichkeit führen, die aber wieder der Unannehmlichkeiten entbehrt, welche ein vollkommeneres Glück oft so gefährlich machen, hat eifrig nach dieser Weise gegriffen, ihr Begehren hinters Licht zu führen. Beide Geschlechter, auf solche Art die Bande der Gemeinschaft zerreißend, haben diese Vergnügungen nachgeahmt, die sie sich ungern versagen und indem sie sie durch ihre eigenen Anstrengungen ersetzten, haben sie gelernt, sich selbst zu genügen.

Diese einzelnen und erzwungenen Vergnügungen sind dank der Bequemlichkeit, sie zu stillen, zur heftigen Leidenschaft geworden, welche die Macht der der Menschheit so gebietenden Gewohnheit zu ihrem Nutzen ausgebeutet hat. Dann sind sie sehr gefährlich geworden, gefährlicher als so lange sie nur durch das Bedürfnis geregelt wurden, da sie eine mehr wollüstige als hitzige Einbildungskraft erzeugt haben. Kein Unfall ist die Folge gewesen, kein physisches Leiden hat dieser Hang gezeitigt, und die Moral würde ihm gegenüber in gewissen Fällen einige Duldsamkeit obwalten lassen können. Die alten Richter, vielleicht weniger ängstlichen, aber philosophischen Richter, dachten, wenn man ihm in diesen Grenzen genüge täte, würde man die Enthaltsamkeit nicht verletzen. Galienus behauptet, wie man gesehen hat, daß Diogenes, der öffentlich seine Zuflucht zu diesem Hilfsmittel nahm, sehr keusch wäre; er wendete dies Verfahren nur an, sagt er, um den Übelständen der Samenverhaltung zu entgehen.

Doch kommt es wohl sehr selten vor, daß man in dem, was man den Sinnen einräumt, das richtige Maß einhält. Je mehr man sich seinem Verlangen überläßt, desto mehr schärft man es; je mehr man ihm gehorcht, desto mehr reizt man es. Dann bestimmt die von Schwäche vergiftete und ständig in wollüstige Gedanken versunkene Seele die tierischen Triebe, sich der Ausschweifung hinzugeben. Die Organe, die das Vergnügen hervorrufen, werden durch die wiederholten Berührungen beweglicher, den Abschweifungen der Einbildung gegenüber gelehriger; ständige Erektionen, häufige Pollutionen und die Folgen eines unmäßigen Lebens stellen sich ein.

Oft kommt es vor, daß die Leidenschaft in Wut ausartet. Die Gegenstände, die ihr gleichartig sind und sie nähren, bieten sich unaufhörlich dem Geiste dar; nun, man kann sich nicht vorstellen, bis zu welchem Grade dieses Achten auf einen einzigen Gegenstand entnervt, schwächt. Übrigens zieht die Lage der Geschlechtsteile, selbst ohne Pollution, eine große Verschwendung der animalischen Triebe nach sich. Pollutionen treten zu häufig auf; selbst wenn ihnen keine Samenentleerungen folgen, schwächen sie unendlich. Es gibt auffallende und unbestreitbare Beispiele dieser Art. Zu beachten ist noch, daß das Verhalten der Onanisten nicht wenig zur Schwächung, die sich aus ihren ungeteilten Handlungen ergibt, und zur Reizbarkeit ihrer Organe beiträgt. Die Natur kann nimmer weder ihrer Rechte verlustig gehen noch ihre Gesetze unbestraft verletzen lassen. Geteilte Freuden werden selbst im Übermaß eher von ihr ertragen als eine unfruchtbare List, durch welche man ihrer Herr zu werden sucht. Die Befriedigung des Geistes und des Herzens hilft zu einer schnelleren Wiedergutmachung der Verluste als die, welche die Räusche der Einbildungskraft verursachen und niemals ersetzen können.

Die Moral ist aber stets der Leidenschaft gegenüber schwach. Wenn dieser seltsame Geschmack bekannt ist, ist man mehr damit beschäftigt, ins Werk zu setzen, was ihn befriedigen kann, als darüber nachzudenken, was ihn zurückdrängen könnte; und man hat herausgefunden, daß beide Geschlechter, sich gegenseitig bedienend, den einzelnen Genuß den Reizen eines gegenseitigen Genusses vorziehen müßten.

Diese seltsame Kunst wurde zu allen Zeiten und wird noch in Griechenland gepflegt. Es ist dort üblich, sich nach dem Mahle zu versammeln. Man legt sich im Kreise auf einen Teppich, alle Füße sind nach dem Mittelpunkte gerichtet, wo man in der kalten Jahreszeit einen Dreifuß aufstellt, der eine Kohlenpfanne trägt. Ein zweiter Teppich deckt euch bis an die Schultern zu: da finden die jungen Griechinnen das Mittel, sich, ohne daß man's merkt, die Schuhe auszuziehen und den Männern mit ihren Füßen einen Dienst zu leisten, zu dem sich viele Weiber sehr unbeholfen ihrer Hände bedienen.

Tatsächlich ist solch eine Gabe nicht allen verliehen. In Paris haben einige Leute nach einer vollendeten Erfahrung und einer Menge Versuchen ein besonderes Studium daraus gemacht. Auch die jungen Mädchen, die vom edlen Wetteifer beseelt sind, nach einem Rufe dieser Art zu trachten, tragen eifrig Sorge, Unterricht zu nehmen; doch sind sie nicht alle mit Erfolg gekrönt. Sicher ist es, daß sich hier Schwierigkeiten von mehr als einer Art in den Weg stellen.

Es handelt sich nicht um ein Gefühl, das sich auf das Wesen des Mädchens überträgt, welches nichts tut als es hervorzurufen. Es ist nur eine Sensation, die sie durch den Stoß ihres Körpers mitteilt, es ist eine Sensation, die der Mann in sich selber durch die Einbildungskraft dieses Mädchens genießen und die um so köstlicher werden muß, als sie durch ihre Kunst den Genuß verlängern kann. Diese Wonne erlischt mit dem Akt, weil sie der Mann allein fühlt. Die Köstlichkeiten des natürlichen Vergnügens dagegen gehen voraus und folgen dem innigen Verein der Liebenden. Das Mädchen, die den teilweisen Genuß leitet, darf sich also nur damit befassen, eine Situation, die ihr fremd ist, zu führen, reizen, unterhalten, dann einstweilen aufzuheben, die Wirkung mehr hinauszuschieben als zu beschleunigen und noch sehr viel weniger sie hervorzurufen. Alle diese Zärtlichkeiten müssen mit unsäglich zarten Nuancen abgestimmt sein; die gefällige Priesterin darf sich nicht dem hitzigen Überschwange überlassen, der ihr freistünde, wenn sie mit dem Opferer vereinigt wäre.

Man begreift wohl, daß dies Vorgehen hitzigen jungen Leuten gegenüber nicht am Platze ist, die ihr Ungestüm leitet und die in dieser Art Lüsten nur die Verzückung der Wonne suchen; man kann sie nur mit denen ausüben, bei denen in einem reiferen Alter das lebhafte Feuer des Temperaments abgeschwächt und die Einbildungskraft geübter ist: sie wollen sich des Vergnügens mit allen Sensationen und den Schattierungen erfreuen, die diese Art von Lust bietet.

Unter den Männern, ebenso auch unter den Weibern, besteht eine sehr große Temperamentsverschiedenheit; manche sind von einer Geilheit, für die man keine Worte findet. Die, welche sich mit Temperament zu, begnügen wissen und eine bedeckte Eichel haben, bewahren eine der alten Satire würdige Geilheit. Der Grund davon ist sehr einfach: die Eichel, die der Sitz der Wollust ist, erhält sich dank dem ständigen Verharren in der lymphatischen Flüssigkeit, die sie schlüpfrig macht, ihre kostbare Empfindlichkeit, statt daß sie, wie bei denen, die sie entblößt tragen, die man beschnitten hat, oder bei denen die Vorhaut von Natur aus zu kurz ist, mit dem Alter hart und schwielig wird, denn bei denen ist die vorbereitende Flüssigkeit, die sie absondert, ganz umsonst da.

Nun wird aber ein in der Kunst des Thalaba bewandertes Mädchen sich einem Manne dieser Klasse gegenüber nicht wie mit einem anderen aufführen. Stellt euch die beiden Handelnden nackt in einem mit Spiegeln umgebenen Alkoven und auf einem Lager mit einem Himmelbett vor. Das eingeweihte Mädchen vermeidet es zuerst mit größter Sorgfalt, die Zeugungsteile zu berühren: ihre Annäherungen sind zart, ihre Umarmungen süß, die Küsse mehr zärtlich als lasziv, die Zungenbewegungen abgemessen, der Blick wollüstig, die Umschlingungen der Glieder voll Anmut und Weichheit; sie kitzelt mit den Fingern leicht die Brustwarzen, bald merkt sie, daß das Auge feucht wird, fühlt, daß sich die völlige Erektion eingestellt hat, dann legt sie den Daumen leicht auf das äußere Ende der Eichel, die sie in ihrer lymphatischen Flüssigkeit gebadet findet, mit der Daumenspitze fährt sie leise zu ihrer Wurzel hinab, kommt zurück, fährt wieder hinunter, fährt um den Kranz. Sie hält ein, wenn sie merkt, daß die Sensationen sich mit allzu großer Schnelligkeit vermehren. Sie wendet dann nur allgemeine Berührungen an, und das nur nach gleichzeitigen und unmittelbaren Berührungen der Hand, dann mit beiden und dem Nähern ihres ganzen

Körpers; daß die Erektion zu hitzig geworden, merkt sie in dem Augenblick, in welchem man die Natur handeln lassen oder ihr helfen oder sie reizen muß, um zum Ziel zu gelangen, weil der Krampf, der den Mann überkommt, so lebhaft und der Empfindungshunger so heftig ist, daß er zur Ohnmacht führen würde, wenn man ihm nicht ein Ende machte.

Um aber diese Weise der Vollendung, diese Kraft des Genusses zu erlangen, muß das Mädchen sich aus dem Spiele lassen, um alle Nuancen der Wollust, die die Seele des Thalaba durchläuft, studieren, befolgen und verstehen, um die aufeinander folgenden Verfeinerungen anwenden zu können, die diese Genußsteigerungen, die sie erzeugt, verlangen. Man gelangt in dieser Kunst gewöhnlich nur bis zu einer Stufe der Vollendung, teils durch ein feines Gefühl, teils durch eine genaue Berührung, die bei diesen Gelegenheiten die einzigen und wirklichen Richter sind . . . Was aber wird das Resultat dieses Werkes der Wollust sein . . . Wird es Martial, der ausgelassene Martial? . . . Ich höre ihn rufen:

Ipsam crede tibi naturam dicere rerum,

Istud quod digitis, Pontice, perdis, homo est.

Und es ruft dir zu die Natur, sie selbst: Halte ein;

Was deine Hand vergießt, verdiente ein Mensch zu sein!

Das ist schön und wahr; indessen sind Dichter nicht in Dingen maßgebend, die von der Vernunft entschieden werden müssen.

Der Haupt- und vielleicht der einzige Grundsatz der Natur ist: schlecht ist, was schadet. Der Ehebruch steht der Natur nicht so fern und ist ein sehr viel größeres Übel als der Onanismus. Der könnte nur der Jugend Gefahr bringen, wenn er ihre Gesundheit angreift; aber für die Moral kann er oft sehr nützlich sein. Der Verlust von etwas Samen an sich ist kein sehr großes Übel, er ist nicht einmal ein so großes wie der von etwas Dünger, der einen Kohlkopf hätte hervorbringen können. Sein größter Teil ist von der Natur selber dazu bestimmt, verloren zu gehen. Wenn alle Eicheln Eichen werden wollten, würde die Welt ein Wald werden, in dem man sich nicht bewegen könnte. Kurz, ich sage mit Martial: „Ihr sollt euch also eurem Weibe nicht nähern, wenn sie hohen Leibes ist, denn: Istud, quod vagina, Pontice perdis, homo est." Wenn ihr sie so fasten laßt, seid ihr ein rechter Dummkopf und werdet ihr gar viel Verdruß bereiten, was vom Übel ist. Überdies werdet ihr, bevor sie niederkommt, alles sein, was ein Ehemann werden kann, was im Vergleich damit etwas wenig ist.

Die Anandrine

Die berühmtesten Rabbiner sind der Meinung gewesen, daß unsere ersten Väter beide Geschlechter in sich vereinigten und als Zwitter geboren wurden, um die Fortpflanzung zu beschleunigen. Doch nachdem eine gewisse Zeit verstrichen, hörte die Natur auf, so fruchtbar zu sein, zu der Zeit, wo die Pflanzenstoffe nicht mehr für unsere Nahrung ausreichten und die Menschen anfingen, sich des Fleisches zu bedienen.

Im Anfange war es sicher so, und wir haben in diesen Ausführungen gesehen, daß Adam zweigeschlechtlich erschaffen worden ist. Gott gab ihm eine Gefährtin; doch die Schrift sagt nicht, ob Adam bei diesem Wunder eine seiner Eigenschaften verlor. Da die Genesis sich also in keiner genauen Weise über diesen Gegenstand äußert, hat das System der Rabbiner lange Zeit eine große Anhängerschaft gehabt.

Man hat ein gemäßigteres System aufgestellt, das einigen Leuten wahrscheinlicher vorgekommen ist. Daß es nämlich drei Arten von Wesen in dem ersten Zeitraum gegeben habe, die einen männlich, die anderen weiblich, andere männlich und weiblich in einem; daß aber alle Individuen dieser drei Arten jedes vier Arme und vier Beine, zwei Gesichter, eines gegen das andere gekehrt und auf einem einzigen Halse ruhend, vier Ohren, zwei Geschlechtsteile usw. gehabt hätten. Sie gingen aufrecht; wenn sie aber laufen wollten, schossen sie Purzelbaum. In ihre Ausschweifungen, ihre Keckheit, ihren Mut teilten sie sich; daraus aber ergab sich ein großer Übelstand: jede Hälfte versuchte unaufhörlich sich mit der anderen zu vereinigen, und wenn sie sich trafen, umarmten sie sich so eng, so zärtlich mit einem so köstlichen Vergnügen, daß sie sich zu keiner Trennung mehr entschließen konnten. Ehe sie sich voneinander rissen, starben sie lieber Hungers.

Das Menschengeschlecht sollte zugrunde gehen. Gott tat ein Wunder: er trennte die Geschlechter und wollte, daß die Wonne nach einem knappen Zeitraume wiche, damit man etwas anderes täte, als einer an dem anderen festkleben. Daher kommt es, und nichts ist einfacher, daß das weibliche Geschlecht, getrennt von dem männlichen Geschlechte, eine glühende Liebe zu den Männern bewahrt hat, und daß das männliche Geschlecht unaufhörlich darnach trachtet, seine zärtliche und schöne Hälfte wiederzufinden.

Doch gibt es Weiber, die andere Weiber lieben? Nichts ist doch natürlicher: es sind die Hälften der damaligen Weiber, die doppelt waren. Desgleichen haben gewisse Männer, die Verdoppelung anderer Männer, einen ausschließlichen Geschmack für ihr Geschlecht bewahrt.

Es ist nichts Wunderliches dabei, obwohl diese vereinten und entzweiten Männerpaare sehr wenig anziehend erscheinen. Seht doch, wie sehr einige Kenntnisse mehr oder weniger zu mehr oder weniger Duldung führen müssen! Ich wünschte, daß diese Ideen den moralisierenden Maulhelden Ehrfurcht einflößten. Man kann ihnen gewichtige Autoritäten anführen; denn dies System, das in Moses seinen Ursprung hat, ist von dem erhabenen Plato sehr erweitert worden. Und Louis Leroi, königlicher Professor zu Paris, hat über diese Materie ungeheure Kommentare verfertigt, an denen Mercerus und Quinquebze, die Lektoren des Königs für Hebräisch, erfolgreich mitgearbeitet haben.

Man wird wohl nicht ärgerlich sein, hier Louis Lerois' eigene Verse angeführt zu sehen:

> Im ersten Alter, da die Welt von Kraut
>
> Und Eicheln lebte, hat sie froh geschaut
>
> Drei Menschenarten: zwei, sie sind noch jetzt,
>
> Die dritte aber war zusammengesetzt
>
> Aus Mann und Weib. Es ist wohl jedem klar,
>
> Daß ihr der Schönheit Form zu eigen war.

Der Gott, der sie erschuf mit reicher Hand,

Schuf sie so schön er sich darauf verstand.

Zwei Köpfe; Füße, Arme hatten viere

Diese vernunftbegabten schönen Tiere.

Der Rest bleibt ungesagt, denkt ihn euch schön,

Denn besser wäre er gemalt zu sehn.

Und jeder Teil freut seines Leibs sich so:

Denn wandt er sich, sah er geküßt sich froh,

Sah sich umarmt, wenn er den Arm ausspannte,

Dacht' er, der andere schon die Antwort nannte.

In sich, was er zu seh'n begehrt', er sah

Und was er haben wollte, war schon da.

Stets trugen seine Füße schnell den Leib

Dorthin, wo ihm erblühte Zeitvertreib;

Und hatte er mißbraucht sein bestes Gut,

Wie leicht entschuldigte ihn da sein Mut!

Für ihn gabs weder Rechnung noch Bericht,

Und Ehrbarkeit und Schande kannt' er nicht.

Der einfach sich aus seiner Seele stahl,

Der Wunsch, erfüllte sich in Doppelzahl.

Wer das bedenkt, zu sagen ist bereit:

Damals, ja, herrschte die Glückseligkeit

Des goldnen Alters, o, welch schöne Zeit!

In ihrem Vorwort zum „Neuen Himmel" bekennt Antoinette Bourignon sich auch zu diesem System, welches solcher Art zu sein scheint, daß es vom schönen Geschlecht bedauert wird. Sie mißt dem Sündenfalle diese Trennung in zwei Teile zu und sagt, sie habe in dem Menschen das Werk Gottes verunstaltet und statt Menschen, die sie sein sollten, seien sie Ungeheuer von Natur aus geworden, in zwei unvollkommene Geschlechter geteilt, unfähig, ihresgleichen allein hervorzubringen, wie sich die Pflanzen hervorbrächten, die darin sehr viel begünstigter und vollkommener wären, als das Menschengeschlecht, das dazu verdammt sei, sich nur durch die sehr kurze Vereinigung zweier Wesen fortzupflanzen, die, wenn sie dann einige Wonnen empfanden, dies hohe Werk der Vervielfältigung nur mit großen Schmerzen vollenden können.

Wie es sich auch mit diesen Gedanken verhalten mag, wir haben noch in unseren Tagen ähnliche Erscheinungen gesehen, die den Glauben unterstützen, daß Mose's Überlieferung kein Hirngespinst gewesen ist. Eine der erstaunlichsten ist die eines Mönches zu Issoire in der Auvergne, wo der Kardinal von Fleury im Jahre 1739 den Siegelbewahrer Chanvelin des Landes verweisen ließ. Dieser Mönch besaß beide Geschlechter; man liest im Kloster folgende diesbezüglichen Verse:

Ein junges Mönchlein ohne Lug

— Ich selber habe ihn gesehen —

Des Manns und Weibs Geschlechtsteil trug,

Sah Kinder auch von ihm entstehen.

Und einzig nur durch sich allein

Zeugte, gebar er wie die Weiber,

Tat sich dazu kein Werkzeug leihn

Der wohlverseh'nen Männerleiber.

Indessen besagen die Klosterregister, daß dieser Mönch sich nicht selber schwängerte; er wäre nicht Handelnder und Leidender in Eins gewesen. Er wurde den Gerichten ausgeliefert und bis zu seiner Entbindung gefangen gehalten. Nichtsdestoweniger fügt das Register folgende bemerkenswerte Worte hinzu:

„Dieser Mönch gehörte dem hochwürdigen Herrn Cardinal von Bourbon; er besaß beide Geschlechter und jedes von ihnen half sich dergestalt, daß er von Kindern schwanger ward."

Ich weiß, daß man einen Unterschied zwischen dem eigentlichen Hermaphroditen und dem Androgynen machen kann. Androgyne und Hermaphrodit, reine Erfindungen der Griechen, die alles im schönsten Lichte darzustellen wußten und darstellen wollten, sind von allen Dichtern, die reizende Beschreibungen von ihnen machten, nach Lust gefeiert worden, während die Künstler sie unter den liebenswürdigsten Formen darstellten, die im höchsten Grade geeignet waren, Gefühle der Wollust zu erwecken. Pandora hatte nur durch die Vollkommenheiten ihres Geschlechts Erfolg. Der Hermaphrodit vereinigte in sich alle Vollkommenheiten beider Geschlechter. Er war die Frucht der Liebschaft zwischen Merkur und Venus, wie aus der Etymologie des Namens hervorgeht. Nun war Venus die Schönheit in der Vollendung, bei Merkur kamen zu seiner persönlichen Schönheit noch Geist, Kenntnisse und Talente hinzu. Man mache sich einen Begriff von einem Individuum, in dem all diese Eigenschaften sich vereinigt finden, und man wird den Hermaphroditen, wie ihn die Griechen dargestellt wünschten, vor sich sehen. Die Androgynen dagegen sind, unter der wahren Beachtung ihres Namens, nur Teilnehmer an den beiden Geschlechtern, die man Hermaphroditen genannt hat, weil die Alten vorgaben, daß Merkurs und Venus Sohn beide Geschlechter hätte. Aber es ist darum nicht minder wahr, daß, da es zu allen Zeiten Weiber gegeben hat, die großen Vorteil aus dieser androgynen Übereinstimmung gezogen haben, sie sich kostbar zu machen gewußt haben. Lucian läßt in einem seiner Dialoge zwischen zwei Hetären die eine zur anderen sagen: „Ich habe alles, wessen es bedarf, um deine Wünsche zu befriedigen!" worauf die antwortet: „Du bist also ein Hermaphrodit?" Der Apostel Paulus wirft dies Laster den römischen Weibern vor. Nur mit Mühe vermag man zu glauben, was man im Athenaeus über Ausschweifungen dieser Art liest, die Weiber begangen haben. Aristophanes, Plautus, Phaedrus, Ovid, Martial, Tertullian und Clemens Alexandrinus haben sie in mehr oder minder offener Weise bezeichnet, und Seneca überschüttet sie mit den furchtbarsten Flüchen.

Gegenwärtig sind vollkommene Hermaphroditen sehr selten; folglich scheint die Natur diese androgynen Menschen nicht mehr hervorzubringen. Zugeben muß man aber, daß man häufig auf Folgen dieser Teilung in zwei Wesen, die wir eben auseinandergesetzt haben, stößt: zu allen Zeiten, sowohl im ältesten Altertume, als auch in den neueren Zeiten näher liegenden Jahrhunderten, hat man die entschiedenste Liebe von Weib zu Weib beobachtet. Lykurg, der gestrenge Lykurg, der über so krause wie erhabene Dinge nachdachte, ließ öffentlich Spiele aufführen, die man Gymnopaedieen nannte, bei denen die jungen Mädchen nackend erschienen: laszivste Tänze, Posen, Annäherungen, Verflechtungen wurden ihnen beigebracht. Das Gesetz bestrafte die Männer, die die Kühnheit besaßen, ihnen beizuwohnen, mit dem Tode. Diese Mädchen wohnten beieinander, bis sie sich verheirateten: der Zweck des Gesetzgebers war höchstwahrscheinlich, sie die Kunst des Fühlens zu lehren, die die der Liebe so sehr viel schöner macht, ihnen alle Abstufungen der sinnlichen Empfindungen, die die Natur angibt oder für die sie empfänglich ist, beizubringen, kurz sie unter sich sie derart üben zu lassen, daß sie eines Tages zum

Frommen der menschlichen Art all die Verfeinerungen anzuwenden wußten, die sie sich gegenseitig zeigten. Kurz, man lehrte sie verliebt zu sein, ehe sie einen Liebhaber hatten; denn man ist ohne Liebe verliebt, wie man oft versichert, daß man liebt, ohne verliebt zu sein. Habe kein Temperament, das will; liebe nicht, wenn du willst; das ist eine Moral von der Art, wie sie Lykurg in seinen Gesetzen enthüllt; das ist die Moral, die Anakreon wie Rosenblätter zwischen seine unsterblichen Tändeleien gestreut hat. Wer hätte je gedacht, gleiche Grundsätze bei Anakreon und Lykurg zu finden? Vor dem Dichter von Theos hatte Sappho sie in ein praktisches System verwandelt und dessen Symptome beschrieben. O, welch eine Malerin und Beobachterin war diese Schöne, die von allen Feuern der Liebe verbrannt wurde!

Sappho, die man nur noch aus Fragmenten ihrer schwülen Gedichte und aus ihren unglücklichen Liebschaften kennt, kann man als die berühmteste Tribadin ansehen. Zur Zahl ihrer zärtlichen Freundinnen rechnet man die schönsten Weiber Griechenlands, die sie zu Gedichten begeisterten. Anakreon versichert, man fände in ihnen alle Merkmale der Liebeswut. Plutarch zieht eine dieser Dichtungen als Beweis heran, daß die Liebe eine göttliche Wut ist, die heftigere Verzückungen hervorruft, als die der Priesterin in Delphi, der Bacchantinnen und der Priester der Cybele; man beurteile darnach, welche Flamme das Herz verzehrte, das also begeisterte.

Sappho aber, die so lange in ihre Gefährtinnen verliebt war, opferte sie dem undankbaren Phaon auf, der sie der Verzweiflung in die Arme warf. Würde es nicht besser für sie getaugt haben, in den Eroberungen wie in den Vertrautheiten fortzufahren, die durch die Geschlechtsgleichheit und die Sicherheiten, die sie bietet, so erleichtert wurden und die ihres Geistes Schwung ihr so mühelos verschaffen konnte? Umsomehr als sie mit all den Vorzügen begabt war, die man sich für diese Leidenschaft, für die sie die Natur bestimmt zu haben scheint, wünschen kann, denn sie hatte eine so schöne Clitoris, daß Horaz der berühmten Frau das Beiwort mascula gab, was so viel bedeutet wie Mannweib.

Es scheint, daß die Schule der Vestalinnen als das berühmteste Serail der Tribadinnen, das es je gegeben hat, angesehen werden kann, und man darf ruhig behaupten, daß der Sekte der Androgynen in der Person dieser Priesterinnen die größten Ehren zuteil geworden sind. Das Priesteramt war keine der üblichen, einfachen und bescheidenen Einrichtungen in seinen Anfängen, welche von der ungewissen Frömmigkeit abhängen und ihren Erfolg nur der Laune verdanken. Es zeigte sich in Rom mit dem erhabensten Pomp: Gelübde der Jungfräulichkeit, Hut des Palladiums, Anvertrauung und Unterhaltung des heiligen Feuers, Symbol der Erhaltung der Herrschaft, ehrvollste Vorrechte, ungeheurer Einfluß, Macht ohne Grenzen. Wie teuer aber ist all das bezahlt worden mit der völligen Beraubung des Glücks, zu dem die Natur alle Lebewesen beruft, und mit den furchtbaren Todesstrafen, die der Vestalinnen harrten, wenn sie ihrem Rufe unterlagen! Wie würden sie, jung und all der Lebhaftigkeit der Leidenschaften fähig, ohne Sapphos Hilfsquellen dem entgangen sein, wo man ihnen die gefährlichste Freiheit ließ und der Kult selber in ihnen die wollüstigsten Gedanken wach rief? Denn bekanntlich opferten die Vestalinnen dem Gotte Fascinus, dargestellt unter der Form des ägyptischen Thallum; und es gab seltsame feierliche Handlungen, die bei diesen Opfern obwalten mußten: sie hefteten dies Bildnis des männlichen Gliedes an die Wagen der Triumphatoren. So war das heilige Feuer, das sie unterhielten, bestimmt, sich auf wahrhaft belebenden Wegen im ganzen Reiche fortzupflanzen; ein solcher Gegenstand der Betrachtung war wenig geeignet, den Blicken junger Mädchen ausgesetzt zu sein, die Jungfräulichkeit gelobt hatten!

Man sieht, daß die Tribaden des Altertums berühmte Vorbilder hatten. In seinen palmyrenischen Altertümern führt der Abbé Barthelemi die Gewänder an, mit denen sie öffentlich prunkten: es waren nach ihm die Enomide und die Callyptze. Die Enomide wand sich eng um den Körper und ließ die Schultern frei. Was die Callyptze anlangt, so kennt man sie nur dem Namen nach wie die Crocote, die tarentinische Lobbe, die Anobole, das Eucyclion, die Cecriphale und die in lebhaften Farben gemalten Tuniken, die sehr deutlich die Glut der Tribaden anzeigten, die unausgesetzt lüstern waren wie die Wellen, die sich folgen, ohne jemals zu versiegen. Den Situationen entsprechend, in denen sie sich befanden, legten sie diese Kleidungsstücke an. Die Callyptze war für die Öffentlichkeit bestimmt, die Enomide trugen sie, wenn sie Besuche bei sich empfingen. Der Tarentine bedienten sie sich auf Reisen, die Crocote war für das Haus, wenn sie sich einsamer Beschäftigung widmeten. Die Anobole für Tribaderie unter vier Augen, die

Cecriphale für nächtliche Stelldicheins, das Eucyclion, um ausgelassene Gesellschaften abzuhalten, die gemalten Tuniken für große Verbrüderungen, Orgien, und die Farbe der Tunika zeigte den Dienst an, mit dem die Tribade, die sie trug, für den Tag beauftragt worden war. Jede Art des Beistandes hatte ihre besondere leuchtende Farbe.

Es gibt bestimmte Fälle, in denen die Tribadie von sehr weisen Physikern anempfohlen wurde. Bekanntlich konnte David seine Brunst nur durch Weiber wiedergewinnen, die auf seinem Leibe tribadierten. Was Salomo anlangte, so benutzte er zweifelsohne seine dreihundert Beischläferinnen nur dazu, sie in seiner Gegenwart Evolutionen im großen machen zu lassen. In unseren Tagen stellt man die idiopathische Glut im Mannesleibe durch die Spiele einer Masse Weiber wieder her, in deren Mitte sich der niederläßt, der seine Kräfte wiedererlangen will. Dies Heilmittel war von Dumoulin immer erfolgreich angeraten worden. Man weiß, daß der Kranke, sobald er die idiopathischen Wirkungen der Brunst fühlt, sich zurückziehen muß, um das Weißglühen, das sich einzustellen scheint, sich beruhigen und kräftiger werden zu lassen, anderenfalls würde er eine entgegengesetzte Wirkung erzielen. Dies System fußt darauf, daß der Mensch nur der Gegenwart des Objektes bedarf, um die Art der Hitze, um die es sich handelt, zu verspüren, die ihn mehr oder minder stark bewegt, je nachdem er mehr oder minder schwach ist. Im allgemeinen hält die öftere Wiederkehr dieser Glutanwandlungen ebensolange oder länger als die Kräfte des Mannes an. Das ist eine der Folgen der Möglichkeit, plötzlich an gewisse angenehme Sensationen einzig bei der Besichtigung der Gegenstände, die sie einen haben empfinden lassen, zu denken oder sie sich ins Gedächtnis zurückzurufen. So sagte, wer behauptet, „daß, wenn die Tiere sich nur zu bestimmten Zeiten paarten, es nur geschähe, weil sie Tiere seien", ein sehr viel philosophischeres Wort, als er dachte.

Übrigens ist bei der Tribadie wie in allem das Übermaß schädlich, es entnervt statt anzureizen. Es kommen auch manchmal bei diesen Arten von Ausübungen Untersuchungen zufolge merkwürdige und furchtbare Dinge vor. Vor einiger Zeit geschah es in Parma, daß ein Mädchen, die sich angewöhnt hatte, mit ihrer guten Freundin zu tribadieren, sich einer dicken Nadel mit einem Elfenbeinknopf von Daumenlänge bediente, die bei den Stößen auf einen falschen Weg gelangte und in die Harnblase geriet. Sie wagte ihr Abenteuer nicht einzugestehen, duldete und litt, sie urinierte Tropfen für Tropfen; am Ende von fünf Monaten hatte sich bereits ein Stein um die Nadel gebildet, die man auf den üblichen Wegen herauszog. In den Klöstern, den weiten Theatern der Tribadie, geschehen sehr viel ähnliche Dinge; hier ist's ein Ohrlöffel, da eine Haarnadel, anderswo eine Strickscheide oder eine Klistierröhre, wieder wo anders ein Tropfglas von Königin von Ungarwasser, ein kleines Weberschiffchen, eine Kornähre, die von selber hochsteigt, die die Vagina kitzelt und die das arme Nönnchen nicht mehr herausziehen kann. Man könnte einen Band ähnlicher Anekdoten liefern.

Herr Poivre lehrt uns in seinen Reisebeschreibungen, daß die berüchtigtsten Tribaden der Erde die Chinesinnen seien; und da in diesem Lande die Weiber von Stand wenig gehen, tribadieren sie in den Hängematten. Diese Hängematten sind aus einfacher Seide mit Maschen von zwei Finger im Quadrat gefertigt, der Körper ist wollüstig darin ausgestreckt, die Tribaden wiegen sich hin und her und reizen sich, ohne die Mühe zu haben, sich bewegen zu müssen. Ein großer Luxus der Mandarinen ist's, in einem Saal inmitten von Wohlgerüchen zwanzig solcher schwebenden Tribaden zu haben, die vor ihren Augen einander Wonne bereiten. Der Harem des Großherrn hat keinen anderen Zweck; denn was sollte ein einziger Mann mit so vielen Schönen anfangen? Wenn der übersättigte Sultan sich vornimmt, die Nacht bei einer seiner Frauen zu verbringen, läßt er seinen Sorbet im Zimmer der Rundungen, wie man es nennt (All' hachi), auftragen. Dessen Mauern sind mit den laszivsten Malereien bedeckt; am Eingange in dies Gemach sieht man eine Taube, und auf der Seite, wo man hinausgeht, eine Hündin gemalt, Symbole der Wollust und Geilheit.

Inmitten der Malereien liest man zwanzig türkische Verse, die die dreißig Schönheiten der schönen Helena beschreiben, von denen Herr de Saint-Priest kürzlich ein Fragment mit diesen Einzelheiten gesandt hat; das Fragment war von einem Franzosen aus dem Quartier von Pera übersetzt worden.

Ich will diese Verse nicht zu übersetzen versuchen; sie sind von keinem Dichter gemacht worden. Diese arithmetische Berechnung, diese dreißig, streng drei zu drei angeführten Eigenschaften, würden allen Schwung erstarren lassen. Man schätzt Reize, die man anbetet, nicht ab, man berauscht sich, man brennt, man bedeckt sie mit Küssen; nur dann fesselt man. Eine Schöne, welche die Vorzüge, mit denen sie geschmückt ist, an den Fingern abgezählt werden sieht, hält den Zähler für einen dummen Tropf und würde selber eine traurige Figur machen. Es gibt ihrer mehr als dreißig, es gibt ihrer mehr als tausend. Wie, wenn man Helena nackt sieht, behält man einen klaren Kopf? . . . Aber die Türken sind ja nicht galant.

Der Sultan betritt diesen Saal, in dem die Stummen alles vorbereitet haben. Er hockt in einer Ecke nieder, wo er sich auf die Erde legt, um die Stellungen von einem günstigen Gesichtswinkel aus zu sehen. Raucht drei Pfeifen und während der Zeit, die er darauf verwendet, erscheint, was Asien an Vollkommenstem hervorbringt, nackt im Saal. Sie paaren sich zuerst nach dem Bilde der schönen Helena, dann vermischen sie sich und bilden Gruppen und Stellungen, zu denen die Mauern ihnen Beispiele geben, die sie dank ihrer Gewandtheit übertreffen. Unter anderen gibt es in diesem wollüstigen Raume auch sieben Gemälde Bouchers, deren eines die von Caravaggio ersonnenen Stellungen darstellt; und der letzte Sultan ließ sie in Natur nach dem Maler der Anmut ausführen. O, wenn man so viele Mühen aufwendete, um die Sitten zu bilden, wie um sie zu verderben, um Tugenden zu schaffen, wie Begierden zu erregen, dann würde der Mensch bald die höchste Stufe der Vollendung, für die die Natur empfänglich ist, erreichen!

Die Akropodie

Die Natur müht sich bei der Erzeugung der Lebewesen auf sehr verschiedenen Wegen; sie ist des Willens, daß sich das Menschengeschlecht durch die Mitwirkung zweier Individuen erneuert, die sich in den hauptsächlichsten Bestandteilen ihrer Organisation gleichen und bestimmt sind, dabei durch besondere Mittel, die jedem zu eigen sind, mitzuwirken. Ebenso beschränkt sich das Wesen eines Geschlechts nicht auf ein einziges Organ, sondern erstreckt sich durch mehr oder minder merkbare Abstufungen auf alle Körperteile. Das Weib z. B. ist nicht nur Weib an einer einzigen Stelle; es ist es in all den Gesichtspunkten, von denen aus es ins Auge gefaßt werden kann. Man möchte sagen, die Natur habe alles an ihm der Anmut und der Reize wegen geschaffen, wenn man nicht wüßte, daß es einen sehr viel wesentlicheren und edleren Zweck hat. Infolgedessen entsteht in allen Wirkungen der Natur die Schönheit auf ein Gesetz hin, das in die Ferne strebt, und indem sie schaffen will, was gut ist, schafft sie notwendigerweise zu gleicher Zeit, was gefällt.

Das ist das Hauptgesetz, das die besonderen Abänderungen nur beeinträchtigen, zumal Leidenschaften, Geschmacksrichtungen, Sitten, die einer direkten Beziehung zu den Gesetzgebungen und Regierungen unterworfen, stets aber der physischen Beschaffenheit, die in diesem oder jenem Klima obwaltet, untergeordnet sind, sich mehr oder weniger von der dem Menschen widerstrebenden Natur entfernen. So werden in heißen Ländern die dunklen, kleinen, mageren, lebhaften, geistreichen Menschen weniger arbeitsam, weniger kräftig, frühreifer und minder schön als die in den kalten Ländern; Liebe wird da ein blindes hitziges Verlangen, ein glühendes Fieber, eine verzehrende Notdurft, ein Schrei der Natur sein. In den kalten Ländern wird diese weniger physische und moralischere Leidenschaft ein sehr maßvolles Bedürfnis, ein überlegtes, erwogenes, analysiertes, systematisches Gefühl, eine Frucht der Erziehung sein. Schönheit und Nutzen, oder alle Schönheiten und Nutzen sind also nicht miteinander verknüpft, ihre Beziehungen entfernen sich voneinander, schwächen sich ab, verändern sich; die Menschenhand leistet fortwährend der Aktivität der Natur Widerstand, manchmal beschleunigen unsere Bemühungen auch ihren Lauf.

Das wechselseitige Gesetz der physischen Liebe zum Beispiel ist in den nördlichen und mittäglichen Ländern durch die menschlichen Einrichtungen sehr geschwächt worden. Wir sind der Natur zum Hohn in ungeheure Städte eingepfercht und haben ebenso die Klimata durch Öfen — Werke unserer Erfindung, deren ständige Anstrengung unsäglich machtvoll arbeitet — verändert. In Paris, das eine selbst im Vergleich mit unseren mittäglichen Provinzen recht niedrige Temperatur hat, sind die Mädchen eher mannbar als in den selbst Paris benachbarten Landstrichen. Diese mehr schädliche als etwa nützliche Prärogative, die sich an die ungeheure Hauptstadt knüpft, hat moralische Gründe, die sehr häufig den physischen Gründen gebieten. Die körperliche Frühreife wird von der frühzeitigen Übung der intellektuellen Fähigkeiten bedingt, die sich mit der Zeit nur zum Nachteil der Sitten schärfen. Die Kindheit ist kürzer, die früh entwickelte Jugend wird erblich, die tierischen Funktionen und die Fähigkeit, sie auszuüben, verstärken sich (denn sich vervollkommnen würde nicht das richtige Wort sein) von Menschenalter zu Menschenalter. Nun stehen die körperlichen Anlagen mit den geistigen Fähigkeiten in einer Beziehung zueinander, die von der Generation vererbt sein kann.

Das ist eine große Wahrheit, die zur Genüge fühlbar macht, von welcher Wichtigkeit eine klug ausgedachte nationale Erziehung für die Gesellschaften sein würde!

Vielleicht wäre es vor allem für das verführerische Geschlecht notwendig, daß es Arbeit leiste; denn bei fast allen zivilisierten Völkern, wo es dem Anscheine nach geknechtet ist, gebietet es in Wirklichkeit dem herrschenden Geschlechte. Es gibt Weiber, und das in sehr großer Zahl, bei denen die Wirkungen der Empfindlichkeit die Spannkräfte jedes Organes umsomehr heben, als dies Wesen, für das die Natur erstaunliche Kosten aufgewandt hat, vervollkommnungsfähig ist! Die venerischen Krämpfe, die das Wesen der Geschlechtsfunktionen ausmachen, die fruchtbaren Trankopfer werden besser noch vom moralischen als mechanischen Standpunkte aus ins Auge gefaßt. Zweifelsohne hängen sie von der mehr oder minder großen Empfindlichkeit des wunderbaren Zentrums ab, das periodisch aufwacht und sich wieder beruhigt. Welchen Einfluß aber hat es nicht auch auf alle Teile des Wesens! Wenn das Vergnügen dort wohnt, scheint die empfindsame, angenehm erregte Seele sich ausdehnen, aufblühen zu wollen, um die Wahrnehmungen inniger in sich aufnehmen zu können. Dieses Aufschwellen verbreitet überall das köstliche Gefühl einer Vermehrung des Seins; die auf den Ton dieser Empfindung gestimmten Organe verschönen sich, der an die süße Gewalt, die in den gewöhnlichen Grenzen seines Seins entsteht, gekettete Mensch will nichts weiter, weiß nichts weiter als zu fühlen. Setzt den Kummer an die Stelle der Freude, und die Seele zieht sich in ein Zentrum zurück, das zu einem unfruchtbaren Kerne wird und alle Körperfunktionen verschmachten läßt. Ebenso wie Wohlbefinden und des Geistes Zufriedenheit, Freude, Aufblühen der Seele, Lebhaftigkeit, Verschönerung des Körpers, Genugtuung, Lächeln, Frohsinn oder die süße und zarte Freude der Empfindsamkeit und ihre wollüstigen Tränen und ihre kraftvollen Umarmungen, und ihre heißen Freuden, die der Trunkenheit gleichkommen, erzeugen, ebenso lassen das Mühen des Geistes und seine Beunruhigungen die Seele sich in sich selber zurückziehen, lähmen den Körper, erzeugen moralische und physische Schmerzen und Schwäche und Niedergeschlagenheit und Trägheit. — Der wäre folglich weder närrisch noch strafbar, welcher nach dem Beispiele eines asiatischen Despoten, aus anderen Beweggründen freilich, den Philosophen und Gesetzgebern vorschlüge, neue Vergnügen ausfindig zu machen, und ausriefe: „Epikur war der Männer weisester: Wollust ist und muß die allmächtige Triebfeder unserer ganzen Art sein."

Es gibt Spielarten unter den erschaffenen Wesen, die außergewöhnlich sein würden, wenn man die Resultate einer beständigen, unermüdlichen, authentischen Beobachtung bekämpfen könnte, doch die aufgeklärte Naturlehre muß ein ewiger Führer der Moral sein. Und daraus ergibt sich, daß fast alle Zwangsgesetze schlecht sind, daß die Lehre der Gesetzgebung nur nach allen übrigen Lehren ausgebildet werden kann.

Der Mensch aber, der der Erbfeind, der eifrigste Parteigänger, der große Förderer und das bemerkenswerteste Opfer des Despotismus ist, hat zu allen Zeiten alles richten, alles lenken, alles reformieren wollen. Daraus ergibt sich die Menge der so ungerechten und so krausen Gesetze, der unerklärlichen Einrichtungen und Gebräuche jeglicher Art. An ihrem Platze, in solcher Zeit, zu solchen Umständen, an dem und dem Orte aber hat der Tyrann der Natur die Natur ohne Rücksicht auf Zeiten, auf Örtlichkeit und auf Umstände fortpflanzen und verzögern wollen. Unserer Ansicht nach ist die Beschneidung eines der ungewöhnlichsten Gebräuche, die er sich ausgedacht hat.

Mehrere Völker haben sie aus Gründen, die ihrer Ordnung und Natur entsprechen, vollzogen, und das ist natürlich und klug. Andere haben sie ohne Notwendigkeit als eine religiöse Observanz angenommen, und das scheint vernunftwidrig. Die Ägypter sahen sie als eine Sache des Gebrauchs, der Sauberkeit, der Vernunft, der Gesundheit und der physischen Notwendigkeit an. Tatsächlich behauptet man, es gäbe Männer, die eine so lange Vorhaut hätten, daß sich die Eichel nicht von selber entblößen könnte, woraus sich eine speichelnde Ejakulation ergäbe, die ein beträchtliches Übel für das Schöpfungswerk bedeute. Eine Vorhaut solcher Art zu verkleinern, ist gewißlich ein vernünftiger Grund. Daß aber diese Vorhaut ein Gegenstand hoher Verehrung bei dem auserwählten Volke Gottes gewesen ist, scheint mir sehr sonderbar.

Tatsächlich ist Abrahams Vorhaut das Siegel der Versöhnung, das Zeichen des Bundes, der Pakt zwischen dem Schöpfer und seinem Volke; eine Vorhaut, die hart geworden sein mußte, denn Abraham zählte neunundneunzig Jahre, als er sich die Schnittwunde beibrachte; er tat desgleichen dann an seinem Sohne und an allen Männern usw. Moses Weib beschnitt ebenfalls ihren Sohn; das ging nicht ohne Hader vor sich, und sie entzweite sich mit ihrem Gatten, der sie darnach nie wieder sah. Diese Zeremonie nahm man damals nur für einen bildlichen Ausdruck, denn man sprach von beschnittenen Früchten, von der Beschneidung des Herzens usw. Und sie wurde während der ganzen Zeit aufgehoben, welche die Juden in der Wüste waren. So ließ denn Josua beim Ausgange aus der Wüste eines schönen Tages das ganze Volk beschneiden. Vierzig Jahre über hatte man die Vorhäute nicht beschnitten, und nun gab's ihrer auf einen Schlag zwei Tonnen voll.

Als das Volk Gottes Könige hatte, tat man noch sehr viel mehr: man heiratete für Vorhäute. Saul versprach David seine Tochter und forderte hundert Vorhäute als Leibbeding. David aber, der ein Held und edelmütig war, wollte sich bei dieser köstlichen Gabe keine Grenzen setzen lassen und brachte Saul zweihundert Vorhäute, dann heiratete er Michal. Man wollte sie ihm streitig machen, aber seine Forderung war gerecht, und er erhielt sie für seine Vorhautsammlung.

Große Streitigkeiten sind dieser Vorhäute wegen entstanden. Man betrachtete die Beschneidung nicht nur als ein Sakrament des alten Glaubens, indem sie ein Zeichen des Bundes Gottes mit Abrahams Nachkommenschaft war, man wollte auch, daß dieser Hautlappen, den man vom männlichen Gliede abschnitt, den Kindern die Erbsünde erlasse. Die Kirchenväter sind geteilter Ansicht hierüber gewesen. Der heilige Augustinus, der diese Meinung vertritt, hat alle die gegen sich, die ihm vorausgingen, und nach seiner Zeit den heiligen Justinus, Tertullian, den heiligen Ambrosius usw. Deren Hauptbeweisgrund leuchtet sehr ein. Warum, sagen sie, schneidet man den Weibern nichts ab? Die Erbsünde befleckt sie alle genau so wie die Männer; man müßte ihnen mit gutem Recht ja mehr abschneiden als denen, denn ohne Evas Neugierde hätte Adam nimmer gesündigt.

Die Patres Conning und Coutu haben nach Herrn Huet behauptet, nichts wäre weniger vernünftig, als daß man die Weiber beschnitte. Tatsächlich erklärt Huet nach Origines klipp und klar, man beschnitte fast alle Ägypterinnen und schnitte ihnen einen Teil der Clitoris ab, die bei der Annäherung des männlichen Geschlechts im Wege wäre; überdies erlitten sie dieselbe Operation aus Religionsprinzip, um den Wirkungen der Üppigkeit Einhalt zu tun, weil Kitzel und Erregung minder zu fürchten sind, wenn die Clitoris weniger hervorragt.

Paul Jove und Münster versichern, daß die Beschneidung bei den Weibern der Abessinier gebräuchlich sei. In diesem Lande ist sie sogar ein Zeichen des Adels für das Geschlecht; auch nimmt man sie dort nur bei denen vor, die von Nicaulis, der Königin von Saba, abzustammen behaupten. Die Frage der Weiberbeschneidung ist also noch sehr wenig entschieden, und die Gelehrten können sich noch darüber auslassen.

Eine recht verfängliche Operation müßte es geben, wenn man beschneiden wollte, wo es nichts mehr abzusäbeln gibt. Wie zum Exempel wollte man bei den Völkern vorgehen, die aus Sauberkeit oder Notwendigkeit die Beschneidung vorgenommen hatten und zum Judentum übertraten, so daß man sie des Bundes wegen nochmals beschneiden müßte? Anscheinend begnügt man sich dann damit, der Rute einige Tropfen Blutes abzuzapfen an der Stelle, wo die Vorhaut abgeschnitten worden ist. Und dies Blut nannte man das Blut des Bundes. Doch dreier Zeugen bedurfte es, um dieser Zeremonie den Stempel der Echtheit zu geben, wenn man keine Vorhaut mehr aufzuweisen hatte.

Die abtrünnigen Juden dagegen sind bestrebt, an sich die Spuren der Beschneidung zu tilgen und sich Vorhäute zu machen.

Der Text der Makkabäer beweist das ausdrücklich. „Sie haben sich Vorhäute gemacht und haben den Bund getäuscht". Der Apostel Paulus scheint im ersten Briefe an die Korinther zu fürchten, daß die zum Christentum übertretenden Juden desgleichen täten! „Wenn", sagt er, „ein Beschnittener zum neuen Glauben berufen ist, soll er sich keine neue Vorhaut machen".

Der heilige Hieronymus, Rupert und Haimon streiten die Möglichkeit solchen Tuns ab und glaubten, daß die Spuren der Beschneidung sich nicht verwischen ließen. Die Patres Conning und Coutu jedoch haben mit Recht und durch Tat bewiesen, daß die Sache möglich ist. Mit Recht durch die Unfehlbarkeit der heiligen Schrift, durch Tat durch die Gewähr des Galienus und Celsus, die behaupten, daß man die Spuren der Beschneidung auszulöschen vermöchte. Bartholin zitiert Oegnieltus und Fallopus, die das Geheimnis gelehrt haben, dies Mal in dem Fleische des Beschnittenen zu vertilgen.

Buxdorf Sohn bestätigt in seinem Brief an Bartholin dies Geschehen selbst durch Beweise von Juden. Da diese Materie überdies zu wichtig war, als daß religiöse Menschen einige Zweifel darüber hätten bestehen lassen wollen, haben die Patres Conning und Coutu am eigenen Leibe das von den eben erwähnten Ärzten angegebene Verfahren erprobt.

Die Haut an sich ist bis zu einem Maße dehnbar, daß man es kaum zu glauben vermöchte, wenn nicht die der Frauen in Schwangerschaft und die aus der Haut lebender Wesen gemachten Gewänder alltägliche

Beweise lieferten. Oft sieht man auch Augenlider schlaff werden oder sich ungewöhnlich ausdehnen. Nun ist die Haut der Vorhaut durchaus der der Augenlider ähnlich.

Da die Patres Conning und Coutu das genau eingesehen hatten, ließen sie sich gesetzmäßig beschneiden; und als die Wurzel ihrer Vorhaut geheilt war, befestigten sie ein so schweres Gewicht an ihr, wie sie es aushalten konnten, ohne eine Zerrung hervorzurufen. Die unmerkliche Spannung und Rosenöleinreibungen längs der Rute erleichterten die Verlängerung der Haut bis zu dem Maße, daß Conning in dreiundvierzig Tagen sieben und ein viertel Zoll gewann. Coutu, der eine härtere Haut besaß, konnte nur fünf und einen halben Zoll vorweisen. Man hatte ihnen eine Büchse aus doppeltem Weißblech hergestellt und an dem Gürtel befestigt, daß sie urinieren und ihren Geschäften nachgehen konnten. Alle drei Tage besichtigte man die Ausdehnung, und die besichtigenden Patres, die Kommission ad hoc genannt, legten fast genau solche Register über das Erscheinen von Connings neuer Vorhaut an, wie man es an der Pont Royal getan hat, um das Wachsen der Seine zu messen.

Demnach ist's also genau bewiesen, daß die Bibel hinsichtlich der Männer die Wahrheit verkündigt hat; hinsichtlich der Weiber aber haben Conning und Coutu nicht die volle Genugtuung erhalten können. Kein Weib wollte erlauben, daß man ihr ein Gewicht an die Clitoris hänge; wie es denn auch heute keine gibt, die sich etwas von ihr abschneiden läßt, weder aus Angst vor der Annäherung des Mannes (denn es gibt Auswege, die jedes Hindernis zu umschiffen wissen, wie sich leichtlich begreifen läßt), noch im Zeichen des Bundes, weil es Tatsache ist, daß sie sich alle vermischen, ohne einer Verringerung zu bedürfen. Man ist heute weit davon entfernt, über die Verlängerung einer Clitoris betrübt zu sein . . . O, der Fortschritt der Kunstgriffe in unserem Jahrhundert ist ungeheuer!

Bekanntlich schneiden die Türken die Haut ab und berühren sie nicht mehr, während die Juden sie zerreißen und so leichter heilen. Übrigens machen die Kinder Mahomeds die größte Feierlichkeit aus dieser Operation. Als Amurat III. im Jahre 1581 seinen ältesten Sohn von vierzehn Jahren beschneiden lassen wollte, schickte er einen Gesandten an Heinrich III., um ihn zur Beiwohnung der Zeremonie mit der Vorhaut einzuladen, die im Monat Mai des folgenden Jahres in Konstantinopel feierlich begangen werden sollte. Die Liguisten und besonders ihre Prediger griffen die Gelegenheit dieser Gesandtschaft beim Schopfe, um Heinrich III. den Türkenkönig zu nennen und ihm vorzuwerfen, er sei der Pate des Großherrn.

Die Perser beschneiden Kinder im Alter von dreizehn Jahren zu Ehren Ismaels; doch die merkwürdigste Methode hinsichtlich dieser Sitte übt man auf Madagaskar aus. Dort schneidet man das Fleisch dreimal nacheinander ab, die Kinder leiden sehr darunter, und der Verwandte, der die abgeschnittene Vorhaut als erster aufhebt, schluckt sie hinter.

Herrera meldet, daß man bei den Mexikanern, wo man übrigens weder Mohammedanismus noch Judentum kennt, den Kindern gleich nach der Geburt Ohren und Vorhaut abschneidet, woran viele sterben.

Das ist das Bemerkenswerteste, was sich über diese Materie anführen läßt. Man weiß nicht, ob Furcht vor Reibung und Reizung, die sie zur Folge haben, die Juden der Bequemlichkeit beraubte, was wir Hosen nennen, zu tragen, sicher ist's aber, daß die Israeliten keine trugen, worin unsere nicht reformierten Kapuziner das Volk Gottes nachgeahmt haben. Da indessen die Erektionen bei gewissen Zeremonien in Verwirrung hätten setzen können, war es vorgeschrieben, sich dann eines Wärmtuches zur Aufnahme des Geschlechtsteils zu bedienen. Aron hat den Befehl dazu erhalten.

Indem ich dieses Stück beende, fällt mir ein, daß die Geschichte der Vorhäute nicht recht anakreontisch ist; wenn man sich jedoch in den heiligen Büchern unterrichten will, was gewißlich eines jeglichen Christen Pflicht ist, muß man einen kräftigen Magen haben; denn man stößt da auf Stellen, die von ungleich derberer Kost sind als die von mir aufgetischten. Wenn man zum Exempel den David verfolgenden König Saul seinen Leib in einer Höhle erleichtern, in deren Tiefe ersterer versteckt war, und den recht leise herausschleichen und mit der größten Gewandtheit das Hinterteil von Sauls Kleide abschneiden, dann sobald der König sich wieder auf den Weg gemacht, ihn ihm nacheilen sieht, um ihm zu beweisen, daß er ihn leichtlich hätte pfählen können, daß er aber zu edel war, um ihn von hinten zu töten, wenn man das sieht, sage ich, ist man erstaunt. Aber man fällt von einem Erstaunen ins andere, man sieht Zug um Zug auf diesem ungeheuren und heiligen Theater Menschen, die sich von ihren Ausscheidungen nähren und ihren Urin trinken. Tobias wird durch Schwalbendreck blind. Esther bedeckt sich das Haupt mit dem Schmutzigsten, was es auf Erden gibt. Die Faulen bewirft man mit Kuhdreck. Jesaias sieht sich genötigt, die ekelhaftesten Ausscheidungen des Menschenkörpers zu vertilgen. Reiche gibt's, die mit Kot beworfen werden, andere wieder besudelte man gar im Tempel mit diesem Unrat; endlich stößt man auf Ezechiel, der dies seltsame Ragout, das durch ein Wunder Gottes, welches nicht jedermann seiner Güte würdig erscheint, sich in Kuhmist verwandelte, auf sein Brot strich ... Wenn man all das sieht, dann erstaunt einen nichts mehr.

Kadhesch

Die Macht der Gesetze hängt einzig von ihrer Weisheit ab, und der Volkswille erhält sein größtes Gewicht durch die Vernunft, die sie diktiert hat. Um deswillen hält es Plato für eine überaus wichtige Vorsichtsmaßregel, Edikten eine vernünftige Einleitung vorauszuschicken, die auf ihre Gerechtigkeit und gleichzeitig auf den Nutzen, den sie bringen, hinweisen.

Tatsächlich ist das erste Gesetz, die Gesetze zu respektieren. Die strengen Bestrafungen sind nur ein eitles und strafbares Zufluchtsmittel, die von beschränkten Köpfen und bösen Herzen ersonnen sind, um den Schrecken an die Stelle des Respektes, den sie sich nicht verschaffen können, zu setzen. Auch ist es ganz allgemein bekannt und durch die ausgedehnteste Erfahrung nicht widerlegt, daß Strafen in keinem der Länder so häufig sind wie in denen, wo es ihrer fürchterliche gibt, so daß die Grausamkeit der Leibesstrafen untrüglich die Menge der Missetäter bezeichnet, und daß man, indem man alles mit gleicher Strenge ahndet, die Schuldigen, die oft nur schwache Menschen sind, Verbrechen zu begehen zwingt, um der Bestrafung ihrer Fehler zu entgehen.

Nicht immer ist die Regierung Herr des Gesetzes, stets aber ihr Gewährsmann; und welche Mittel stehen ihr nicht zur Verfügung, um sie beliebt zu machen! Die Gabe zu herrschen ist demnach nicht unsäglich schwer zu erwerben, denn sie besteht nur darin. Wohl weiß ich, daß es noch leichter ist, alle Welt zittern zu machen, wenn man die Macht in den Händen hat, aber sehr leicht ist es auch, die Herzen für sich einzunehmen, denn das Volk hat seit langen Zeiten gelernt, große Stücke auf seine Häupter zu halten all des Übels wegen, das sie ihm nicht tun, und sie anzubeten, wenn es von ihnen nicht gehaßt wird.

Wie dem auch sein möge, jeder gehorsame Tropf kann wie ein anderer die Missetaten bestrafen, ein wahrer Staatsmann aber weiß ihnen zuvorzukommen. Mehr auf den Willen als auf die Tat sucht er seine Macht auszudehnen. Wenn er es durchsetzen könnte, daß jedermann Gutes täte, was bliebe ihm da zu tun? Das Meisterwerk seines Wirkens würde es sein, dahin zu gelangen, daß er in Untätigkeit verharren könnte.

Daher gibt es keine größere Ungeschicklichkeit als Prahlerei und Mißbrauch der Macht. Die höchste Kunst besteht darin, sie zu verheimlichen (denn jede Machtäußerung ist dem Menschen unangenehm) und vor allem nicht nur die Menschen so zu gebrauchen zu wissen, wie sie sind, sondern es dahin zu bringen, daß sie sind, wie man sie nötig hat. Das ist sehr leicht möglich; denn die Menschen sind auf die Dauer so, wie sie die Regierung gemacht hat: Krieger, Bürger, Sklaven; sie bildet alles nach ihrem Willen, und wenn ich einen Staatsmann sagen höre: „Ich verachte dieses Volk," so zucke ich die Achseln und antworte bei mir selber: „Und ich verachte dich, weil du es nicht schätzenswert zu machen verstanden hast."

Darin bestand die große Kunst der Alten, die uns in den moralischen Kenntnissen ebenso überlegen gewesen zu sein scheinen, wie wir ihnen in den physikalischen Wissenschaften über sind. Ihr höchstes Ziel war es, die Sitten zu lenken, Charaktere zu bilden, vom Menschen zu erlangen, daß es ihm, um zu tun, was er tun sollte, zu denken genügte, daß er es tun müßte. O, welch ein Triebrad der Ehre, der Tugend, des Wohlstandes würde die also durch ein einziges Prinzip vollkommene Gesetzgebung sein! Die alten Gesetze waren dergestalt die Frucht hoher Gedanken und hoher Vorsätze, in einem Wort das Produkt des Genies, daß ihr Einfluß die Sitten der Völker, für welche sie gemacht worden waren, überlebt haben. Wie lange, zum Exempel, hat nicht das von den alten Gesetzgebern eingeprägte Vorurteil gegen unfruchtbare Ehen nachgewirkt?

Moses ließ den Männern kaum die Freiheit, sich zu verheiraten oder nicht. Lykurgos bedeckte die mit Schimpf, welche sich nicht verheirateten. Es gab sogar eine für Lacedaemon eigentümliche Feierlichkeit, bei der die Weiber sie mutternackt zu Füßen der Altäre führten und sie der Natur eine ehrenwerte Buße zahlen ließen, die sie mit einem sehr strengen Verweise begleiteten. Diese so berühmten Republikaner waren in ihren Vorsichtsmaßregeln so weit gegangen, daß sie gegen die sich zu spät Verheiratenden und gegen die Ehemänner, die ihre Weiber nicht gut behandelten, Verordnungen veröffentlichten. Man weiß, welche Aufmerksamkeit Ägypter und Römer aufwendeten, um die Fruchtbarkeit der Ehen zu begünstigen.

Wenn es wahr ist, daß in den ersten Zeiten der Welt Weiber vorhanden waren, die Unfruchtbarkeit vorgaben, wie aus einem angeblichen Fragmente eines angeblichen Buches Enoch hervorgeht, so können auch Männer dagewesen sein, die sich ebenso ein Geschäft daraus machten: die Anzeichen dazu sind aber nichts weniger als günstig. Damals war es vor allem nötig, die Welt zu bevölkern. Das Gebot Gottes und das der Natur legten beiden Arten von Personen die Verpflichtung auf, zur Vermehrung des Menschengeschlechtes beizutragen, und man hat allen Grund zur Annahme, daß die ersten Menschen es sich eine Hauptangelegenheit sein ließen, diesem Gebote Folge zu leisten. Alles, was uns die Bibel von den Patriarchen meldet, ist, daß sie Weiber nahmen und gaben, daß sie Söhne und Töchter in die Welt setzten, und dann starben, wenn sie nichts Wichtiges mehr zu tun hatten. Ehre, Ansehen, Macht bestanden damals in der Zahl der Kinder; man war sicher, sich durch Fruchtbarkeit große Hochachtung zu erwerben, sich bei seinen Nachbarn Geltung zu verschaffen, selbst einen Platz in der Geschichte zu haben. Weder die der Juden hat den Namen Jairs vergessen, der dreißig Söhne im Dienste des Vaterlandes stehen hatte, noch die der Griechen die Namen Danaus und Egyptus, berühmt durch ihre fünfzig Söhne und fünfzig Töchter. Unfruchtbarkeit galt damals für beide Geschlechter als eine Schande und für einen unzweideutigen Beweis des Fluches Gottes. Man sah es hingegen für einen authentischen Beweis seines Segens an, eine große Kinderschar um seinen Tisch herum zu versammeln. Die nicht heirateten, wurden als Sünder wider die Natur angesehen. Plato duldet sie bis zum Alter von fünfunddreißig Jahren, verweigert ihnen aber die Ämter und weist ihnen die letzten Plätze bei den öffentlichen Zeremonien an. Bei den Römern waren die Zensoren hauptsächlich damit beauftragt, diese einsame Lebensweise zu verhindern. Die Zölibatäre konnten weder ein Testament machen noch Zeugenschaft ablegen. Die Religion unterstützte darin die Politik. Die heidnischen Theologen belegten sie mit außergewöhnlichen Strafen im anderen Leben; und in ihrer Doktrin war es das größte der Übel, aus dieser Welt zu gehen, ohne Kinder zu hinterlassen, denn dann wurde man der grausamsten Dämonen Beute.

Doch gibt es keine Gesetze, die einer vollendeten Ausschweifung Einhalt zu gebieten vermögen. Auch trotz der Einschärfungen der Gesetzgeber ging man im Altertum recht häufig den Zielen der Natur aus dem Wege. Die Geschichte sagt nicht, wie und durch wen die Liebe zu jungen Knaben entstanden ist, die so allgemein wurde. Aber eine so eigenartige und dem Scheine nach krause Geschmacksrichtung trug den Sieg über die Strafgesetze, die außerordentlichen Steuern, die Beschimpfungen und über die Moral und die gesunde Physis davon. Demnach muß dieser Reiz ja allgebietend gewesen sein. Diese krause Leidenschaft hat einen Ursprung, der mich sehr eigentümlich anmutet.

Ich glaube, daß das Unvermögen, mit dem manchmal die Natur jemanden schlägt, sich mit zügellosen Temperamenten verbündete, um sich zu kräftigen und fortzupflanzen. Nichts ist einfacher.

Unvermögen ist immer ein sehr schimpflicher Makel gewesen. Bei den Orientalen hatten die mit diesem Stempel der Schande bezeichneten Männer den brandmarkenden Titel: Eunuchen des Himmels, Eunuchen der Sonne, von Gottes Hand erschaffene Eunuchen. Die Griechen nannten sie Invaliden. Die Gesetze, die ihnen Frauen zusprachen, erlaubten diesen Frauen auch, sie zu verlassen. Die zu diesem zweideutigen Zustande, der in seinen Anfängen sehr selten aufgetreten sein muß, verdammten Männer, die von beiden Geschlechtern in gleicher Weise verachtet wurden, sahen sich verschiedenen Demütigungen ausgesetzt, die sie zu einem finsteren und zurückgezogenen Leben zwangen. Die Notwendigkeit gab ihnen mancherlei Mittel ein, all die zu beseitigen und sich schätzenswert zu machen. Losgelöst von den unruhigen Regungen der fremden Liebe, der Physis, der Selbstachtung, unterwarfen sie sich dem Willen anderer und wurden als so ergeben, so bequem erfunden, daß jedermann sie haben wollte. Der wütendste der Despotismen vermehrte ihre Zahl sehr bald; Väter, Herren, Herrscher maßten sich das Recht an, ihre Kinder, ihre Sklaven, ihre Untertanen diesem zweideutigen Stande zuzuführen. Und die ganze Welt, die seit Anbeginn nur zwei Geschlechter kannte, sah die zu ihrem Erstaunen unmerklich in drei beinahe gleiche Teile geteilt.

Wunderlichkeit, Überdruß, Ausschweifung, Gewohnheit, besondere Gründe, eine geheuchelte oder kühne Philosophie, Armut, Habsucht, Eifersucht, Aberglaube wirkten bei dieser ungewöhnlichen

Umwälzung mit. Aberglaube, sage ich, weil die herabwürdigendsten, lächerlichsten, grausamsten Handlungen stets von gallsüchtigen Fanatikern ausgedacht sind, die traurige, düstere, unbillige Gesetze diktieren, bei denen Beraubung Tugend und Verstümmelung Verdienst ausmacht.

Bei den Römern wimmelte es von Eunuchen. In Asien und Afrika bedient man sich ihrer noch heute zur Bewachung der Weiber; in Italien hat diese Scheußlichkeit die Vollendung eines eitlen Talents zum Gegenstande. Am Kap schneiden die Hottentotten nur eine Testikel aus, um, wie sie sagen, Zwillinge zu vermeiden. In vielen Ländern verstümmeln die Armen sich, um keine Nachkommenschaft zu haben, damit ihre unglücklichen Kinder nicht eines Tages das doppelte Elend verspüren: des Hungertodes zu sterben oder die Ihrigen ihn sterben zu sehen. Es gibt so viele Arten von Eunuchen!

Wenn man nur die Vollkommenheit der Stimme in Betracht zieht, entfernt man lediglich die Testikeln; die Eifersucht aber in ihrem grausamen Mißtrauen schneidet alle zur Fortpflanzung dienenden Teile fort. Mit ziemlich sicherem, gutem Ausgange kann man das nur vor der Geschlechtsreife tun; dabei gibt's doch noch viele Gefahren. Nach dem fünfzehnten Lebensjahre kommt kaum der vierte Teil mit dem Leben davon. Welch schreckliche Wunde hat man der Menschheit beigebracht! Die berühmtesten sind Aetiopier; sie sind so häßlich, daß Eifersüchtige sie mit Gold aufwiegen. Die vollkommen Unfähigen nennen sich Kanaleunuchen, weil sie, ihrer Rute beraubt, die den Wasserstrahl nach draußen führt, sich genötigt sehen, sich einer Ergänzungsröhre zu bedienen, da sie den Strahl nicht wie die Weiber loslassen können, deren Vulva im Besitz ihrer vollen Spannkraft ist. Die hingegen nur ihrer Testikeln beraubt sind, erfreuen sich jeglicher Heizung, die die Begierde entflammt, und können sich in gewissem Sinne sehr fähig nennen (besonders wenn man sie erst operiert, nachdem ihr Organ sich vollkommen entwickelt hat), doch mit der betrüblichen Nebenerscheinung, daß, da sie sich niemals befriedigen können, die venerische Hitze bei ihnen in eine Art Wut ausartet; sie beißen die Weiber, die sie mit kostbarer Beständigkeit lieben.

Wie man sieht, hat diese Eunuchenart den doppelten Vorteil, ohne Gefahr den Freuden der Weiber und den entarteten Geschmacksrichtungen der Männer zu dienen. Ehedem wurden alle Knaben Georgiens an Griechen verkauft und die Mädchen bevölkerten die Serails. Man versteht, daß man in diesem schönen Klima ebenso viele Ganymede wie Venusse findet; und wenn irgend etwas diese Leidenschaft in den Augen derer, die ihr nicht frönen, entschuldigt, wird es zweifelsohne die unvergleichliche Schönheit dieser Modelle sein.

Bekanntlich versteht man heute unter dem Worte: die Sünde wider die Natur alles, was auf die Nichtfortpflanzung der Art Bezug nimmt, und das ist weder richtig noch gut gesehen. Sodomie, in ihrer Übereinstimmung mit der Stadt der heiligen Schrift, zum Exempel ist sehr verschieden von einer einfachen Pollution. Obwohl dieser seltsame Geschmack, den man gleich vielen anderen mit dem Worte: Entartung bezeichnet, hauptsächlich in den zivilisiertesten Ländern verbreitet gewesen ist, bringt die Geschichte nichts Stärkeres vor, als in der heiligen Schrift berichtet worden ist. Alle die Städte der Pentapolis wurden derartig unsicher von ihm gemacht, daß kein Fremdling dort erscheinen konnte, der nicht seinen Begierden zur Beute fiel. Die beiden Engel, welche Loth besuchen wollten, wurden augenblicks von einer Volksmenge überfallen. Vergebens gab Loth ihr seine Töchter preis. Diese ungewöhnliche Handlung gastfreundschaftlicher Tugend hatte keinen Erfolg. Die Sodomisten hatten Männerhinterteile nötig und die Engel entrannen ihnen nur der plötzlichen Finsternis zufolge, welche die Zuchtlosen daran hinderte, einander zu erkennen.

Dieser Zustand hielt nicht lange an. Denn zwölf Stunden später ging alles in einem Schwefelregen unter, bis auf Loth und seine Töchter, die, in einer Höhle verborgen, glaubten, daß die Welt im Feuer vergehen wollte, wie sie bei der Sintflut in Wasser ersäuft worden war. Und die Furcht, keine Nachkommenschaft zu haben, bestimmte die Töchter, die anscheinend nicht auf die Folgen ihrer frischen Schändung rechneten, so schnell wie möglich von ihrem Vater welche zu erlangen. Die Ältere widmete sich als erste diesem frommen Opfer; sie legte sich auf den Biedermann Loth, den sie berauscht gemacht hatte, ersparte ihm alle Mühe bei diesem von der Liebe zur Menschheit dargebrachten Opfer und gebrauchte ihn, ohne daß er etwas davon merkte. In folgender Nacht tat ihre Schwester desgleichen; und der gute Loth, der ebenso leicht zu täuschen wie schwer zu erwecken gewesen zu sein scheint, hatte mit diesen unfreiwilligen Handlungen so großen Erfolg, daß seine Töchter neun Monate nach diesem

Erlebnisse zwei Knaben zur Welt brachten, Moab, den Gebieter des Moabiterstammes, und Ammon, den der Ammoniter.

Unabhängig von der ausdrücklichen Zeugenschaft des Apostel Paulus weiß man, daß die Römer sehr weit gingen in den Ausschweifungen der Päderastie. Bemerkenswert aber ist, daß nach den Worten des großen Apostels die Weiber dem Vergnügen wider die Natur größeren Vorzug einräumten als dem, das sie herausfordern. — Et feminae imitaverunt naturalem usum in eum usum qui est contra naturam: Im zweiundzwanzigsten Verse des siebenten Kapitels unten auf der Seite liest man diese Worte. Und der folgende Vers hat Caravaggio den Gedanken zu seinem Rosenkranz eingegeben, der sich im Museum des Großherzogs von Toskana befindet. Man sieht da etwa dreißig eng verschlungene Männer (turpiter ligati) im Kreise, die sich mit der wollüstigen Glut umarmen, welche der Maler seinen zügellosen Kompositionen zu geben wußte.

Im übrigen ist die Päderastie auf dem ganzen Erdball bekannt gewesen: Reisende und Missionare beglaubigen es. Letztere berichten sogar einen Fall dreifacher Sodomie, der Doktor Sanchez' Scharfsinn in Verwirrung gesetzt und gewetzt hat. Hier ist er:

Marco Polo hat in seiner geographischen Beschreibung, die 1566 gedruckt worden ist, die Schwanzmenschen des Königreichs Lambri beschrieben. Struys hatte von denen der Insel Formosa und Gemelli Carreri von denen der Insel Mindors, in der Nähe von Manilla, gesprochen. So viele Autoritäten waren mehr als hinreichend, um die jesuitischen Missionare zu bestimmen, vorzugsweise in diesem Lande Bekehrungen zu unternehmen. Tatsächlich brachten sie welche von diesen Schwanzmenschen mit, die infolge einer Verlängerung des Steißbeins wirklich Schwänze von sieben, acht und zehn Zoll trugen, die empfindlich waren und, was ihre Beweglichkeit anlangte, alle Bewegungen machten, die man einen Elefantenrüssel vollführen sieht. Nun legte sich einer dieser Schwanzmänner zwischen zwei Weiber schlafen, von denen eine, die im Besitz einer großen Clitoris war, es so einrichtete, daß sie ihre Clitoris päderastisch unterbrachte, während der Schwanz des Insulaners sieben Zoll in das legitime Gefäß ragte. Der Insulaner — er war recht gefällig — ließ es geschehen und näherte sich, um alle seine Fähigkeiten in Wirksamkeit zu bringen, der anderen Frau, und erfreute sich ihrer, wo die Natur dazu einladet . . . Das war gewißlich eine herrliche Gelegenheit zur Übung seiner Talente für den Fürsten der Kasuistiker.

Sanchez urteilt: „Was den ersten Fall anlangt," sagte er, „die doppelte, wenngleich in ihren Endzwecken unvollständige Sodomie, weil weder Schwanz noch Clitoris das Trankopfer vollziehen konnten, so handelten sie in nichts wider den Willen Gottes und die Stimme der Natur; im zweiten Falle handelte es sich um einfache Hurerei."

Ich denke mir, ähnliche Schwänze würden mehr als einem ersprießlichen Zwecke in Paris dienen, wo die Verbreitung der Päderasten beträchtliche Fortschritte macht, wenn sie auch weniger blüht als zu Zeiten Heinrichs III., unter dessen Herrschaft Männer sich gegenseitig unter den Portiken des Louvre herausforderten. Bekanntlich ist diese Stadt ein Muster der Polizeiverwaltung. Infolgedessen gibt es öffentliche Orte, die zu diesem Treiben bestimmt sind. Die jungen Männer, die sich dieser Profession widmen, sind sorgfältig in Klassen geteilt; denn die reglementarischen Systeme erstrecken sich auch bis dahin. Man prüft sie. Die zu handeln und leiden verstehen, die schön, rosig, wohlgebaut, fleischig sind, werden den großen Herren aufgespart, oder sie lassen sich teuer von Bischöfen und Finanzmännern bezahlen. Die, welche ihrer Testikeln beraubt sind, oder wie der Kunstausdruck lautet (denn unsere Sprache ist keuscher als unsere Sitten), die kein Webergewicht haben, aber geben und empfangen, bilden die zweite Klasse. Sie sind ebenfalls teuer, weil sich die Weiber ihrer bedienen, während sie den Männern dienen. Die keiner Erektion mehr fähig, weil sie zu verbraucht sind, obwohl sie alle zum Vergnügen notwendigen Organe haben, schreiben sich als Nur-Patienten ein, und aus ihnen setzt sich die dritte Klasse zusammen. Wer ihren Vergnügungen vorsitzt, tritt den Wahrheitsbeweis ihrer Ohnmacht an. Zu diesem Zwecke legt man sie ganz nackt auf eine am unteren Ende offene Matratze, zwei Mädchen liebkosen sie nach bestem Können, während eine dritte den Sitz des venerischen Verlangens mit frischen Brennesseln schlägt. Nach viertelstündigen derartigen Versuchen führt man in ihren Anus roten spanischen Pfeffer ein, der eine beträchtliche Reizung ausübt. Auf die durch die Brennesseln hervorgerufenen Hitzblattern streicht man scharfen Caudebecer Senf und hält die Eichel in Kampfer. Die all diesen Prüfungen

widerstehen und keine Spur von Erektion aufzuweisen haben, dienen als Patienten für dreifachen Preis.
O, wie recht tut man, die Aufklärungsfortschritte unseres philosophischen Jahrhunderts zu rühmen!

Behemah

Unzucht mit Tieren, — Dieser Titel ist dem Geiste zuwider und beschimpft die Seele. Wie ist's möglich, sich ohne Abscheu vorzustellen, daß es einen so verderbten Geschmack in der menschlichen Natur geben kann, wenn man bedenkt, wie sehr sie sich über alle Lebewesen zu erheben vermag? Wie sich klar machen, daß ein Mensch sich so hat wegwerfen können? Was, alle Reize, alle Wonnen der Liebe, all ihren Überschwang . . . hat er einem verächtlichen Tiere vor die Füße legen können! Und der Physis dieser Leidenschaft, diesem begehrenden Fieber, das auf solche Abwege geraten kann, haben die Philosophen ohne jegliches Schamerröten die Moral der Liebe unterordnen können! „Allein ihre Physis ist gut", haben sie gesagt. — Nun, schön, lest Tibull und lauft dann und schaut euch diese Physis in den Pyrenäen an, wo jeder Hirt seine begünstigte Ziege hat, und wenn ihr die scheußlichen Vergnügungen des rohen Bergbewohners genugsam betrachtet habt, wiederholt noch einmal: „In der Liebe ist einzig die Physis gut."

Ein sehr philosophisches Gefühl nur kann einen verpflichten, seine Augen einen Augenblick auf einem so seltsamen Gegenstande ruhen zu lassen, weil dies Gefühl, indem es Kraft gibt, alle Gedanken sich aus dem Kopf zu schlagen, welche Erziehung, Vorurteile und Gewohnheit uns Zug für Zug einprägen, mehr als eine Ansicht, nach der man sich richten kann, mehr als eine Erfahrung gibt, deren Ergebnisse nützlich und seltsam werden können.

Die besondere Form, durch welche die Natur Mann und Weib charakterisiert hat, beweist, daß der Geschlechtsunterschied nicht von einigen oberflächlichen Verschiedenheiten abhängt, sondern daß jedes Geschlecht das Resultat vielleicht so vieler Verschiedenheiten ist, wie es Organe im Menschenleibe gibt, wennschon sie nicht alle in gleicher Weise sinnlich wahrnehmbar sind. Unter denen, die auffallend genug sind, um sich bemerkbar zu machen, gibt es welche, deren Nutzen und Zweck nicht genau festgestellt worden ist. Hängen sie im wesentlichen vom Geschlechte ab, oder sind sie eine notwendige Folge der Anlage der Hauptbestandteile?

Das Leben heftet sich an alle Formen, behauptet sich jedoch mehr in den einen als in den anderen. Die widernatürlichen menschlichen Produkte haben mehr oder weniger Leben, die aber, die es in allzu ungewöhnlicher Weise sind, gehen bald zugrunde. So wird die so weit wie möglich aufgeklärte Anatomie entscheiden können, bis zu welchem Punkte man Ungeheuer sein, will sagen, von der seiner Art angemessenen Gestaltung sich entfernen kann, ohne die Fortpflanzungsfähigkeit zu verlieren, und bis zu welchem Punkte man es sein kann, ohne die, sich selbst zu erhalten, zu verlieren. Das Studium der Anatomie ist selbst noch nicht auf dieses Feld gelenkt worden, wozu man diesen Irrtum der Natur oder vielmehr diesen Mißbrauch seiner Begierden und Fähigkeiten, die viehische Handlungen veranlassen, benutzen könnte.

Die widernatürlichen Produkte verschiedener Tiere bewahren eine besondere Übereinstimmung mit beiden Arten, indem sie allmählich die Fortpflanzungsfähigkeit verlieren. Die widernatürlichen Produkte der Menschheit sollten uns überdies lehren, bis zu welchem Punkte die vernunftbegabte Seele sich, wenn man so sagen kann, auf die sinnliche Seele überträgt oder sich in ihr entwickelt. Es ist merkwürdig, daß die Wissenschaft solche Nachforschungen außer Acht gelassen hat.

Der wesentlich begründende Teil unseres Seins, der uns in der Hauptsache vom Tier unterscheidet, ist, was wir Seele nennen. Ihr Ursprung, ihre Natur, ihre Bestimmung, der Ort, wo sie ihren Sitz hat, sind ein unerschöpflicher Quell für Probleme und Meinungen. Die einen lassen sie beim Tode zugrunde gehen, andere trennen sie von einem Ganzen, mit dem sie durch Ausgießung vereinigt, wie das Wasser einer schwimmenden Flasche, deren Inhalt, wenn man sie zerbricht, sich mit der Wassermenge vereinigen wird. Diese Ideen sind ins Unendliche abgeändert worden. Die Pythagoräer gaben die Ausgießung nur nach den Wanderungen zu; die Platoniker vereinigten die lauteren Seelen und reinigten die anderen in neuen Körpern. Von da gehen die beiden Seelenwanderungsarten aus, die diese Philosophen lehren.

Was die Streitigkeiten über die Natur der Seele anlangt, so sind sie ein weites Feld der menschlichen Narrheiten; Narrheiten, die selbst ihren eigenen Autoren unverständlich sind. Thales behauptet, die Seele bewege sich in sich selber, Pythagoras, sie sei ein Schatten, der mit der Möglichkeit des in sich selbst Bewegens begabt sei. Plato hält sie für eine geistige Substanz, die sich mit harmonischer Regelmäßigkeit bewege. Aristoteles, mit seinem barbarischen Worte Entelechie bewaffnet, erzählt uns von dem Einklang der Gefühle insgesamt. Heraklit hält sie für eine Ausdünstung, Pythagoras für eine Absonderung der Luft, Empedokles für ein Gemisch der Elemente, Demokrit, Leukipp, Epikur für eine Mischung von, ich weiß nicht welchem Feuer, ich weiß nicht welcher Luft, von, ich weiß nicht welchem Wind und einem anderen Vierten, dessen Name mir nicht bewußt ist. Anaxagoras, Anaximenes, Archelaus setzten sie aus dünner Luft zusammen. Hippones aus Wasser, Xenophon aus Wasser und Erde, Parmenides aus Feuer und Erde, Boetius aus Feuer und Luft, Critius brachte sie ganz einfach im Blute unter, Hippokrates sah in ihr nur den im ganzen Körper ausgedehnten Geist, Mark-Antonin hielt sie für Wind, und Kritolaus, durchschneidend, was er nicht auflösen konnte, nahm eine fünfte Substanz an.

Man muß zugeben, daß eine derartige Nomenklatur nach Parodie aussieht, und möchte beinahe glauben, daß diese großen Geister sich über die Majestät ihres Stoffes lustig machten, wenn man sieht, daß das Resultat ihres Nachdenkens so lächerliche Definitionen waren, wenn man, nur die berühmtesten Modernen lesend, hinsichtlich dieser Materie klarer sähe als durch die Träumereien der Alten. Das bemerkenswerteste Resultat ihrer Meinungen in dieser Art ist, daß man bis auf unsere modernen Dogmen niemals die geringste Idee von der Geistigkeit der Seele gehabt hat, ob man sie gleich aus unsäglich zarten Bestandteilen zusammensetzte. Alle Philosophen haben sie für materiell gehalten, und man weiß, was beinahe alle über ihre Bestimmung dachten. Wie dem auch sein möge, theoretische Narrheiten, selbst geistvolle Hypothesen werden uns nimmer ebensogut unterrichten wie gut geleitete physische Experimente.

Damit will ich noch nicht glauben, daß sie uns lehren können, welches die Natur der Seele oder der Ort ist, wo sie haust; aber die Abstufungen ihrer Schattierungen können unsäglich seltsam sein, und das ist das einzige Kapitel ihrer Geschichte, das uns zugänglich zu sein scheint.

Unendlich kühn würde die Behauptung sein, daß Tiere nicht denken können, obwohl der Körper unabhängig von dem, was man Seele nennt, das Prinzip des Lebens und der Bewegung besitzt. Der Mensch selber ist oft Maschine: ein Tänzer macht die verschiedensten, in ihrer Gesamtheit geordneten Bewegungen in sehr genauer Weise, ohne im geringsten auf jede dieser Bewegungen im einzelnen acht geben zu können. Der ausübende Musiker tut fast ein gleiches: der Willensakt spricht nur mit, um die Wahl von dieser oder jener Weise zu treffen. Der Anstoß wird den tierischen Gemütern gegeben, das übrige vollzieht sich, ohne daß sie dabei denken. Zerstreute Menschen, Somnambulen verharren oft in einem wahrhaft automatischen Zustande. Die Bewegungen, die für die Bewahrung unseres Gleichgewichts sorgen, sind gewöhnlich ganz unwillkürlich, Geschmacksrichtungen und Abneigungen gehen bei Kindern dem Urteile voraus. Ist die Wirkung äußerer Eindrücke auf unsere Leidenschaften, ohne Hilfe eines Gedankens, einzig durch die wunderbare Übereinstimmung der Nerven und Muskeln nicht sehr unabhängig von uns? Und doch verbreiten all diese körperlichen Bewegungen einen sehr entschiedenen Ausdruck im Gesichte, das in ganz besonderem Einklange mit der Seele steht.

Die vom einfach mechanischen Gesichtspunkt aus betrachteten Tiere würden also schon denen, die ihnen die Gabe des Denkens absprechen, eine große Zahl Aufschlüsse verschaffen; und es würde nicht sehr schwer zu beweisen sein, daß ein großer Teil ihrer selbst erstaunlichsten Handlungen der Denkkraft nicht bedürfte. Wie aber soll man begreifen, daß einfache Automaten einander verstehen, verabredetermaßen handeln, demselben Zwecke nacheifern, mit Menschen im Einklang stehen, für Erziehung empfänglich sind? Man richtet sie ab, sie lernen, man befiehlt ihnen, sie gehorchen, man droht ihnen, sie fürchten sich, man schmeichelt ihnen, sie sind zärtlich: kurz, die Tiere zeigen uns eine Menge spontaner Handlungen, bei denen sie sich als Abbilder der Vernunft und Ungezwungenheit zeigen, um so mehr als sie minder gleichförmig, abwechslungsreicher, eigentümlicher, weniger voraussehend, an momentane Gelegenheit gewöhnt sind; ja es gibt ihrer, die einen entschlossenen Charakter haben, die eifersüchtig, rachsüchtig, lasterhaft sind.

Eins von beiden muß richtig sein: entweder hat es Gott Vergnügen bereitet, lasterhafte Tiere zu bilden und uns in ihnen recht hassenswerte Beispiele zu geben, oder sie haben gleich dem Menschen eine

Erbsünde, die ihre Natur verdorben hat. Der erste Satz steht im Widerspruch mit der Bibel, die sagt, daß alles, was aus Gottes Hand hervorgegangen ist, gut und vortrefflich war. Wenn aber die Tiere so waren, wie sie heute sind, wie könnte man sagen, daß sie gut und vortrefflich waren? Oder ist es gut, daß ein Affe bösartig, ein Hund neidisch, eine Katze falsch, ein Raubvogel grausam ist? Man muß sich an den zweiten Satz halten und eine Erbsünde bei ihnen vermuten; eine grundlose Vermutung, die Vernunft und Religion empört.

Nochmals: es ist also durchaus unmöglich, durch theoretische Schlüsse die Demarkationslinie zwischen Mensch und Tier zu ziehen. Unsere Seele hat zu wenige Berührungspunkte, als daß es selbst für die Naturlehre leicht, wäre, bis zu ihr durchzudringen, nur ihre Substanz und ihre Natur zu streifen; man weiß nicht, wo man ihren Sitz festlegen soll. Die einen haben angegeben, sie sei an einem besonderen Orte, von wo aus sie ihre Herrschaft ausübt. Descartes nahm die große Zirbeldrüse an, Vicussens das eirunde Zentrum, Lancifi und Herr de la Peyronie den Rauhkörper, andere die ausgekehlten Körper.

Das Klima, seine Temperatur, die Nahrungsmittel, dickes oder dünnes Blut, tausend rein physische Ursachen bilden Obstruktionen, die ihre Art des Seins beeinflussen. So könnte man, die Voraussetzungen weiterführend, die Wirkungen bis ins Unendliche variieren und an Hand der Ergebnisse beweisen wie die Erfahrung genugsam zeigt, daß es keinen Kopf gibt, er mag so gesund sein wie er will, der nicht eine recht verstopfte Röhre hätte.

Seltsam interessant und nützlich würde es also sein, zu erfahren, bis zu welchem Grade ein durch seine Vermischung mit dem Tiere aus der Menschenart herabgesetztes Wesen mehr oder weniger vernünftig zu sein vermag. Das ist vielleicht die einzige Weise, auf die man die Natur umzingeln könnte, der man so einen Teil ihres Geheimnisses zu entreißen vermöchte. Um aber dahin zu gelangen, müßte man die Produkte beobachten, ihnen eine passende Erziehung geben, und diese Arten von Naturerscheinungen sorgsam studieren. Mutmaßlich würde man aus diesem Wirken mehr Gewinn für den Fortschritt der Kenntnisse des Menschen ziehen als aus den Bemühungen, Stumme und Taube sprechen zu lehren und einem Blinden die mathematischen Wissenschaften beizubringen. Denn die zeigen uns nur die gleiche Natur, ein bißchen weniger vollkommen in ihren Bestandteilen, da das Subjekt, das man zu vervollkommnen sich müht, eines oder zweier Sinne ledig ist. Die Frucht einer Vermischung mit dem Tiere jedoch weist sozusagen eine andere Natur vor, die aber aus ersterer entstanden ist und würde Licht in verschiedene der Punkte bringen, um deren Erforschung alle denkenden Wesen so sehr bemüht sind.

Es ist schwerlich in Zweifel zu ziehen, daß es Produkte der menschlichen Natur mit den Tieren gegeben hat; und warum sollte es denn keine geben? Unzucht mit Tieren war bei den Juden so häufig, daß man befahl, die Frucht mit dem Erzeuger zu verbrennen. Die Jüdinnen hatten vertrauten Umgang mit Tieren, und das ist meiner Meinung nach sehr seltsam. Ich verstehe, wie ein bäurischer oder verderbter Mann, überwältigt von der Wut des Bedürfnisses oder den Räuschen der Einbildung sich über eine Ziege, eine Stute, selbst eine Kuh hermacht, nichts aber kann mich mit dem Gedanken vertraut machen, daß ein Weib sich von einem Esel den Bauch aufschlitzen läßt. Indessen lautet ein Vers des Levitikus: „Welches Tier es auch sei." Woraus deutlich erhellt, daß die Jüdinnen sich jeder Art von Tieren ohne Unterschied hingaben, und das ist unfaßbar.

Wie dem auch sein möge, es scheint gewiß, daß es Produkte von Ziegen und Menschenart gegeben hat. Die Satyre, Faune, all diese Fabelwesen sind eine sehr bemerkenswerte Folge davon. Satar heißt auf arabisch Ziegenbock. Und der Sündenbock wird von Moses nur angeordnet, um die Israeliten von der Vorliebe abzubringen, die sie für das geile Tier hatten. Da im Exodus gesagt worden ist, daß man der Götter Antlitz nicht sehen könnte, waren die Israeliten überzeugt, daß sich die Dämonen unter ihrer Gestalt sichtbar machten; und das ist der Φασμαξσαγον, von dem Jamblique spricht. Auch im Homer trifft man auf diese Erscheinungen. Manethon, Dionysius von Halikarnass und viele andere weisen sehr bemerkenswerte Spuren von diesen ungeheuerlichen Produktionen auf.

Man hat später die Incubusse und Succubusse mit diesen wirklichen Produkten verwechselt. Jeremias spricht von beängstigenden Faunen, Heraklit hat Satyre beschrieben, die in den Wäldern lebten und sich gemeinsam der Weiber erfreuten, deren sie sich bemächtigten. Eduard Tyson hat in gleicher Weise Pygmäen, Cynocephalen und Sphinxe behandelt, dann beschrieb er die Orangutangs und die Aigapithekoi, welche die Affenklasse bilden, die sich der menschlichen Art völlig nähert; denn ein schöner Orangutang zum Exempel ist schöner als ein häßlicher Hottentotte. Münster hat in seinem Werke über die Genesis und den Livitikus alle diese Monstren aus dem δσαγομοσωρ gemacht und die Dinge sehr viel seltsamer gefunden als die Rabbiner. Endlich gibt Abraham Seba diesen Faunen Seelen, woraus sich ergibt, daß man ihre Existenz nicht weiter ableugnen kann.

Über die Centauern und Minotauern liegen wahrlich keine ebenso genauen Nachrichten vor, aber die Unmöglichkeit besteht nicht mehr, daß es auch Produkte anderer Arten gegeben hat. Im verflossenen Jahrhundert ist viel von einem gehörnten Manne die Rede gewesen, den man dem Hofe zeigte. Man kennt die Geschichte des wilden Mädchens, einer Nonne in Châlons, die noch lebt und sehr wohl in einem Verwandtschaftsverhältnisse mit den Waldbewohnern stehen könnte. Der verstorbene Herr Herzog hatte in Chantilly einen Orangutang, der Mädchen vergewaltigte; man mußte ihn töten. Jedermann hat gelesen, was Voltaire über die afrikanischen Ungeheuer schrieb. Allem Anscheine nach ist dieser Erdteil, den man recht wenig kennt, das übliche Theater dieser widernatürlichen Begattungen. Gewißlich muß man ihre Ursache in der Hitze suchen, die in diesen Gefilden übermäßiger ist als an jeder anderen Stelle des Erdglobusses, weil der Mittelpunkt Afrikas, der im Äquatorialgebiete ist, viel entfernter vom Meere liegt als die anderen Teile der Erde, die unter gleichen Breitengraden liegen. Die ungeheuerlichen Paarungen dürften dort also ziemlich üblich sein. Dort mag die wahre Schule der Veränderungen, der Herabwürdigungen und vielleicht der physischen Vervollkommnung der Menschenart sein. Ich sage Vervollkommnung, denn was würde es Schöneres unter den beseelten Wesen geben als die Form der Centauern zum Exempel?

Unser berühmter Buffon hat in dieser Beziehung alles getan, was ein Privatmann, der über keine großen Mittel verfügt, sich gestatten kann. Wir haben die Folge dieser Verschiedenheiten bei den Hundearten, der Paarung verschiedener Tierarten, in der Geschichte der Produkte der Maulesel, einer ganz neuen Entdeckung, usw. Aber der große Forscher hat uns seine Erfahrungen über die Vermischungen der Menschen mit Tieren nicht mitgeteilt, und sie müßten gedruckt werden, damit die Möglichkeit bestünde, seine erhabenen Ansichten zu verfolgen, und damit wir, wenn wir ein so herrliches Genie verlieren, nicht der Früchte seiner Ideen verlustig gingen.

Unzucht mit Tieren ist weiter in Frankreich verbreitet, als man annimmt, glücklicherweise nicht aus Neigung, sondern aus Bedürfnis. Alle Hirten in den Pyrenäen sind Tierschänder. Einer ihrer kostbarsten Genüsse ist es, sich der Nasenlöcher einer jungen Kuh zu bedienen, die zu gleicher Zeit ihre Testikeln beleckt. In diesen wenig begangenen Gebirgsteilen hat jeder Hirt seine Lieblingsziege. Man weiß das durch die baskischen Priester. Und wahrlich gerade durch diese Priester müßte man die geschwängerten Ziegen überwachen und ihre Produkte sammeln lassen. Der Intendant von Auch könnte leicht zu diesem Ziele gelangen, ohne das Beichtgeheimnis zu verletzen (ein böser Religionsfrevel auf alle Fälle), er könnte sich diese ungeheuerlichen Produkte durch seine Priester verschaffen. Der Priester würde seinem Beichtkinde seine Geliebte abverlangen, die er dem Unterabgeordneten einhändigen würde, ohne den Namen des Liebhabers zu nennen. Ich sehe keine Unannehmlichkeit daraus entstehen, ein Übel, das man nicht mehr zu verhindern wüßte, zum Nutzen der Fortschritte der Kenntnis der Menschen auszubeuten.

Die Anoscopie

Bekanntlich haben in allen Jahrhunderten die Gaukler, Charlatane, Wahrsager, Politiker oder Philosophen (denn alle Sorten sind darunter vertreten) mehr oder minder Einfluß ausgeübt. Die unaufhörlich zwischen Furcht und Verlangen hin- und her geworfene Menschennatur bietet so viele Fallen für den Gebrauch derer, die ihr Ansehen oder ihr Glück auf der Leichtgläubigkeit von ihresgleichen aufbauen, daß es stets für sie im uferlosen Ozeane der menschlichen Narrheiten einige glückliche Entdeckungen zu machen gegeben hat. Und wenn man es dabei bewenden lassen wollte, die alten Zaubereien, die verjährten Torheiten in ein neues Gewand zu kleiden — dieser Köder steht so herrlich in Einklang mit der unwissenden und dummen Habgier des Volkes, für das er besonders bestimmt ist, da seine Wirkung unfehlbar ist —, könnten einige Nichtswisser und Halunken die Ausüber einer Kunst sein, durch die die Menschen so leicht zu betrügen sind. Philosophie und eine etwas mehr gepflegte Experimentalphysik reißen zweifelsohne eine große Anzahl aus ihrem Irrtum, doch stets wird nur ein kleiner Teil sein, wer sie oder den Fortschritt der Kenntnisse vom Menschen durchdringen kann.

Das Wort Wahrsager findet man sehr häufig in der Bibel, was die alte Bemerkung rechtfertigt, daß es unter den heiligen Schriftstellern wenige oder keine Philosophen gegeben hat. Moses verbietet es strengstens, die Wahrsager zu befragen. „Wer", sagt er, „sich nach den Wahrsagern und Zauberern umsehen wird, indem er Unzucht mit ihnen treibt, dem werde ich meinen Kopf gegen seinen stoßen!" Es gibt mehrere Arten von Zauberern, die in der Bibel angezeigt sind.

Chaurnien heißt im Hebräischen so viel wie die Weisen. Dieser Ausdruck aber war sehr doppelsinnig und ließ verschiedene Bedeutungen von wahrer Klugheit, falscher, böser, gefährlicher, verstellter Klugheit zu. So gab es zu allen Zeiten Menschen, die weltklug und geschickt genug waren, um sich Anzeichen von Weisheit zu ihrem Nutzen, zum Durchsetzen ihrer Leidenschaften zu geben, um Studium, Wissenschaft und Talent die einzige Anwendung zu nehmen, die sie ehrt, will sagen zur Erforschung und Fortpflanzung der Wahrheit.

Die Mescuphinen waren die, welche in geschriebenen Dingen die verborgensten Geheimnisse errieten; Horoskopsteller, Traumdeuter, Wahrsager gingen ebenso zu Werke.

Die Carthuminen waren die Zauberer; durch ihre Kunst blendeten sie die Augen und riefen scheinbar phantastische oder wirkliche Veränderungen bei den Gegenständen oder in den Sinnen hervor.

Die Asaphinen benutzten Kräuter, besondere Apothekerwaren und Opferblut für ihre abergläubischen Handlungen.

Die Casdinen lasen die Zukunft aus den Gestirnen; sie waren die Astrologen jener Zeiten.

Diese ehrenwerten Leute, die sicherlich unsere Comus nicht aufwogen, waren in sehr großer Anzahl vorhanden. Sie hatten an den Höfen der größten Könige der Welt einen ungeheuren Einfluß. Denn der Aberglaube, der den Despotismus so gut bediente, hat sich immer seinen Gesetzen unterworfen, und am Busen dieses schrecklichen Bundes, der alle Leiden der Menschheit mit sich brachte, hat der Triumph des Aberglaubens stets geblüht. Die Diener der Religion waren zu geschickt, als daß sie den geringsten Teil ihrer Macht aus den Händen gegeben hätten: mit Sorgfalt wachten sie über alles, was Bezug auf das Wahrsagen hatte, sie gaben sich in jeder Beziehung für die Vertrauten der Götter aus und umgürteten sich leicht das Stirnband der Meinung der Menschen, die nichts wissen, ja nichts von der Weisheit ahnen, die beinahe das letzte ist, worauf des Menschen Eifer sich stürzt.

Von allen Völkern, die sich unter das Joch des Aberglaubens erniedrigt haben, ist keines ihm mehr zugetan gewesen als das der Juden. In ihrer Geschichte würde man eine unendliche Fülle von Einzelheiten über ihre närrischen und frevelhaften Verfahren zusammenstellen können. Die Gnade, die Gott ihnen erwies, indem er ihnen Propheten sandte, um sie seinen Willen zu lehren, wurde für diese plumpen und neugierigen Menschen eine Falle, der sie nimmer entgingen. Das Ansehen der Propheten, ihre Wunder, der freie Zutritt, den sie bei den Königen hatten, ihr Einfluß auf öffentliche Entscheidungen und Angelegenheiten stellten sie dermaßen hoch in der Menge, daß die Begier, teilzuhaben an diesen

Auszeichnungen, indem man sich die Gabe der Weissagung anmaßte, zu einer so verheerenden Leidenschaft sich auswuchs, daß, wenn man von Ägypten gesagt hat, dort sei alles Gott, es eine Zeit gab, wo man von Palästina sagen konnte, alles dort sei Prophet gewesen. Zweifelsohne gab es mehr falsche als wahre; man weiß sogar mit aller Bestimmtheit, daß die Juden besondere Zauber und Zaubertränke hatten, um die Prophetengabe einzuflößen, zu denen sie menschliches Sperma, Menstrualblut und eine wahre Musterkarte anderer ebenso nutzlos wie ekelhaft zu verschlingender Dinge benutzten. Wunder aber sind in den Augen des Volkes eine so leicht zu handhabende Sache, und die fromme Dunkelheit der Reden, der apokalyptische Ton, der schwärmerische Akzent wirken so mächtig, daß die Erfolge der wahren und falschen Propheten, die ihre Zuflucht zu den Künsten und okkulten Wissenschaften nahmen, sich die Wage hielten. Aus allem schöpften sie Hilfsquellen, und es gelang ihnen, Altar gegen Altar zu errichten.

Moses selber sagt uns im Exodus, daß Pharaos Zauberer wahre oder falsche Wunder bewirkt hätten, daß aber er, der Abgesandte des lebenden Gottes und von dessen Allmacht unterstützt, ihrer sehr viel wirksamere ins Werk gesetzt hätte, die Ägypten schwer zu Boden gedrückt haben, weil das Herz seines Königs verhärtet war. Wir müssen sie fromm glauben und uns vor allem beglückwünschen, nicht Zuschauer dabei gewesen zu sein. Heute, wo die Illusion derer, die da Taschenspielerkünste machen, alles, was die Mechanik vorweist und was sehr geeignet ist, zu überraschen und irrezuführen, die erstaunlichen Geheimnisse der Chemie, die zahllosen Wunder, die das Studium der Natur und die schönen Versuche bewirkt haben, die tagtäglich einen kleinen Teil des Schleiers lüften, der ihre geheimsten Handlungen bedeckt, heute sage ich, wo wir von all dem bis zu einem bestimmten Grade unterrichtet sind, stünde es zu befürchten, daß unser Herz sich verhärtete wie das des Pharao; denn wir kennen unendlich viel weniger den Dämon als die Geheimnisse der Physik, und wie man bemerkt hat, scheint es, daß dank dem Geschmack an der Philosophie, der uns nach und nach die selbst bisher unübersteigbarsten Schranken berennen und überwinden ließ, das Reich des Dämons alle Tage mehr zusammensinkt.

Vielleicht würde die möglichst detaillierte Geschichte der Seher, Ränkeschmiede, Propheten und ihrer Aufführung und Wahrsagereien jeder Art, beschrieben oder durch das strenge und scharfsichtige Auge eines Philosophen enthüllt, ein sehr seltsames Buch ergeben. Doch unter allen denen, die er den geöffneten Augen der Nationen vorführen könnte, würde es keine wunderlichere als die geben, die vor einer traurigen Katastrophe eine Gesellschaft bewahrte, welche ihres Eifers für die Verbreitung des Glaubens wegen berühmt ist und die, zu überzeugt, daß dieser Glaube genüge, um das Dunkel der Zukunft zu durchdringen, mit einem sehr unklugen Leichtsinn in eine Verpflichtung einging, die sie ohne die unvermutete Hilfe eines sehr seltsamen Horoskopes nicht würde erfüllt haben können.

Eine nach China gesandte Jesuitenschar predigte dort die wahre Religion, als eine furchtbare Dürre das Kaiserreich in ein ungeheures Grab verwandeln zu wollen schien. Die Chinesen sollten umkommen; und mit ihnen die Jesuiten, die vergebens von dem Despoten angerufen wurden, hätten sie nicht ein Wunder, das sie mit erstaunlichem Scharfsinn voraussagten und das die Gesellschaft Jesu in diesen trostlosen Gefilden für immer berühmt gemacht hat, bewirkt. Ein moderner Dichter hat diese Anekdote in einer reizvolleren Weise, als wir es tun könnten, erzählt, und wir beschränken uns darauf, seine Verse abzudrucken, ohne seine Ungebundenheiten zu billigen:

> Des großen Loyola kühne Sprossen,
>
> Die euch zerschmettert hat Port Royal,
>
> Euch, die mit Krieg umlauert' unverdrossen,
>
> Auf Nicolaus sich stützend, einst Pascal;
>
> Ihr, die ihr Romas Waffen für euch nützend,
>
> In Arnauld grifft die Augustiner an,
>
> Und die Gemeinheit eurer Plane stützend,
>
> Auf ihn herabzogt schweren Kirchenbann,

Die an Quesnel ihr, Bérules würdigem Sohn,

Euch oft mit Peitschenhieben bitter rächtet;

Aus seinen Büchern lesend voller Hohn

Gefühle, die Molina einst geächtet,

Habt ihr Clemens den elften aufgebracht,

Daß er den Brand warf auf sein mächtiges Buch.

Ihr, die ihr euch nach China aufgemacht

Um Christi Glauben — heilig der Versuch —

An des Confucius Stelle dort zu setzen,

Dem in Pagoden man mit listigem Wort

Zweideutig dient, so wie es Priester schätzen.

Verderber der Moral ihr fort und fort,

Die ihr erweitert stets des Heiles Pfade

Und die ihr, leitend auf dem Blumensteg

Die Büßer, die euch schickt des Himmels Gnade,

Unkraut sät aus auf Gottes Feld und Weg.

Ihr, des Jahrhunderts listige Schmeichlerschar,

Des Lugs und Trugs elende Künstler ihr,

Maskiert seid ihr, dennoch der Maske bar

Für jeden, doch willkommen dort und hier,

(Kein Ort ist auf der ganzen Erdenrunde

Wo ihr nicht eure dunkle Rolle spielt).

Gebt von den Mitteln uns doch, bitte, Kunde,

Durch die des Trugs Kunst ihr so gut erzielt

Beim Christenvolke wie bei allen Heiden!

Wenn eurem Märtyrerbuche glaubt mein Mut,

In dem die Lüge prunkt mit euren Leiden,

Dann rötet Indien sich von eurem Blut.

Orakelt da auf einem Dreifuß kühn,

Und der auf Wunder gierige Heide sieht

Sie nach dem Willen seiner Wünsche blühn.

Der hagre Tod, bleifarben ist er, zieht

Die Hand von seiner Beute, wenn ihr's wollt.

Durch euch das Blut, das er gerinnen läßt,

In allen Adern neubelebend rollt.

Auf den Befehl von einem Knirpse preßt

Der Wolken Blau zu Regen sich zusammen.

Ihr macht des Windes Brausewut zu nichte.

Ein Wort von euch, der Blitz hört auf zu flammen.

Und darauf schrieb ich nieder die Geschichte,

Ihr Ehrenwerten, die ihr hören sollt:

Nach Lima, in Golconda, wo die Erde

Den reichen Stein in Flusses Sande rollt,

(Man schleift ihn, daß zurückgestrahlet werde

Das Licht vielhundertfach) kam eine Schar

Ignatiusschüler, pflanzte Christi Wort

In der Indianer Seele wunderbar.

Die Söhne nun an Indiens Uferbord

Katechisierten wahrlich sie sehr fein.

Die Franziskaner, die mit ihnen kamen,

Weihten die Weiber in die Lehre ein;

Herrlich ging auf des Christenglaubens Samen

Dank dieser Teilung, so daß unser Gott

Die neue Erbschaft trat mit Prächten an.

Die Macht wuchs ständig, und es ward ein Spott

Der Dämon, jener feiste Broncemann,

Den Bonzentorheit dort anbeten ließ,

Durch des Franziskus und Ignatius Sprossen;

Und seine Rechte schwanden überdies.

Die neuen Pflanzen aber dort genossen

Gar vieler Gottesgnaden Honigseim.

(Doch der sichtbaren Gnade süße Last

Nur spärlich troff, war zäh wie Vogelleim,

Der kleine Sänger fesselt an den Ast.)

Dank mancher schönen Worte, guter Streiche,

Hielt man für Heilige sie, und sie verehrt

Das Volk, das sie bekehrt in jenem Reiche.

Golcondens Herrscher wurde das gelehrt.

Erzheide war der, der von seinem Teufel

So gut bedient war, daß er immer den

Unreinen Geist anbetet sonder Zweifel.

Die neu'n Apostel wollte er nun sehn,

Die seines Teufels Nebenbuhler waren.

Er glaubte, daß sie ihm Orakel sagen,

Ihm wie Herodes Wunder offenbaren.

Das Kreuz vor ihn die weisen Patres tragen

Und kündigen von dem, der für uns starb,

Und lästern schnöde Satans Götzenbild.

Des Königs Laune aber das verdarb,

Und ihre Reden machten bald ihn wild.

„Ihr Herrn," sprach er, „wenn man so lacht der Götter

Und einen neuen Götzendienst preist an,

Stützen sich auf Beweise wohl die Spötter. —

Sechs Monde schon mein armes Land gewann

Kein Tröpfchen Regen. Ich verlange nun

Von euch, daß Euer Götze regnen läßt,

Und sollt' er's nach drei Tagen Frist nicht tun,

So nehm' ich Euch als böse Lügner fest,

Bedenkt das!" Unsre Kuttenträger schrien

Vergebens, daß das Gott versuchen hieße;

Den König überzeugte nicht ihr Mühn.

„An solchem Zeichen sich erkennen ließe,"

So er, „ob Euer Gott der Herr der Welt ist!"

Die Mönche mußten es ihm denn zusagen.

Wie's um das Barometer wohl bestellt ist,

Sehn täglich nun voll Eifers nach die Zagen;

Das zeigte stets nur schönes Wetter an.

Sein Bündel schnürte eiligst jeder Pater.

Märtyrer werden? Nein, das will kein Mann.

Den sie als Pfand gelassen nun, der Frater

Der gar für sie die Kosten sollte zahlen,

Er fragte sie, weshalb sie so verführen?

„Weh," schrien sie, „der Fürst droht uns mit Qualen,

Ein Eisenband soll unsern Kragen zieren!"

„Bei Loyola, ist das alles?" schrie

Verdrossen der, und schlug in seine Hände,

„Geht hin und sprecht: „Es regnet morgen früh,

Es wäre sonst mit mein'm Latein zu Ende!"

Nicht Lüge war des neu'n Elias Wort.

Es türmten Wolken sich vom Meer her auf,

Fruchtbarer Regen fiel am Morgen dort,

In neuem Grün entstand das Land darauf.

Die von Golconda schrien Wunder und

Priesen den Pater unter Händefalten.

Zu frohen Mönchen sprach des' leiser Mund,

„Confratres, liebe, wenn ich Wort gehalten,

So dankt Ihr's einem Liebesleiden, das

Für Euch der Himmel mir ausdrücklich schickte;

Das stets, eh' auftat sich das Regenfaß

Des Himmels, mich ganz gottserbärmlich zwickte.

Bleibt's aber trocken, lindert sich der Schmerz

Und hört fast auf!" Doch das Golcondens Herrn

Anzuvertrauen, hat man nicht das Herz.

So glaubte man im Lande gut und gern,

Daß dieses Wunder ihrer Heiligkeit,

Nicht aber Frucht war einer bösen Pest;

Mit der der alte Schlaukopf seiner Zeit

Vergiftet sich. — Da Böses also läßt

Gutes entstehen, ist dieses Leiden worden

Ein Dauergeschenk dem Jesuitenorden.

Allen Spaß beiseite, — man sieht, welchen Nutzen dieses seltsame Barometer sowohl China wie den Missionaren brachte, die sich dadurch zu ihrer berühmten Klage über die Lavements veranlaßt sahen. Die Chinesen kennen diese Art Einspritzung, die man durch den After in die Gedärme macht, erst seit dem

Auftauchen der Jesuiten in ihrem Kaiserreiche, drum nennen es die Völker dort, wenn sie sich seiner bedienen, das Heilmittel der Barbaren.

Als die Jesuiten sahen, daß das unedle Wort Lavement das Klistier abgelöst hatte, gewannen sie den Abt von Saint Cyran und setzten ihren Einfluß auf Ludwig XIV. daran, um durchzusetzen, daß das Wort Lavement auf die Liste der unanständigen Ausdrücke gesetzt würde, so daß der Abt von Saint Cyran sie beim Pater Gargasse tadelte, den man die Helena des Kriegs zwischen Jesuiten und Jansenisten nannte. „Ich aber", sagte der Pater Gargasse, „verstehe unter Lavement nur Gurgeln: die Apotheker sind's, die dem Worte die unschickliche Bedeutung gegeben haben!" Man ersetzte also das Wort Lavement durch Heilmittel. Da Heilmittel zweideutig ist, erschien es als anständiger; und das ist so ganz unsere Schicklichkeitsart. Ludwig XIV. gewährte dem Pater le Tellier diese Gnade. Der Fürst forderte keine Lavements mehr, er forderte sein Heilmittel. Und die Akademie bekam den Auftrag, dies Wort mit seiner neuen Bedeutung in ihr Wörterbuch zu setzen . . . Ein würdiger Gegenstand für eine Hofkabale!

Allem Anscheine nach wurde die schimpfliche, Harnröhrenentzündung genannte, Krankheit das Jesuitenbarometer im Vaterlande des Confucius. Wie es heißt, war diese Krankheit, die sich im Jesuitenorden von Pater auf Pater fortpflanzte, nichts anderes als das, von dem die Schrift sagt: und der Herr schlug die aus der Stadt und vom Lande in den After. Zur Heilung dieser Krankheit haben die Jesuiten eine Messe in einem zu Ehren des heiligen Hiob gedruckten Meßbuche. Nichts gibt es, was mit ihrer Moral nicht in Einklang zu bringen wäre; denn es ist gewiß, daß ihre Kasuistiker den Mut aufbringen, der Gefahr der Harnröhrenentzündung zu trotzen, geschweige denn sich ihr auszusetzen, wenn sie des Glaubens sind, daß das Werk Gottes dabei beteiligt sein könnte. Man liest in der Sammlung des Jesuitenpaters Anufin ein merkwürdiges Geschehnis, das einem ihrer Novizen sich ereignete, der sich mit einem jungen Manne erlustierte und inmitten seiner lebhaften Unterhaltung von einem Confrater überrascht wurde. Dieser hatte die Klugheit besessen, durchs Schlüsselloch zu beobachten und sich still zu verhalten. Als aber die Geschichte zu Ende und der Novize fortgegangen war, sagte er zu seinem Kameraden: „Unglücklicher, was hast du eben gemacht? Ich habe alles gesehen; du verdientest, daß ich dich anzeigte; noch ganz entflammt bist du von der Üppigkeit . . . du kannst dein Vergehen nicht ableugnen!" — „Ach, mein lieber Freund," antwortete der Schuldige mit einem festen und heftigen Tone, „wißt Ihr denn nicht, daß der ein Jude ist? Ich will ihn bekehren oder er soll Jesu Christi Feind bleiben. Habe ich nicht, wenn ich dieses oder jenes annehme, alle Ursache ihn zu verführen, entweder um ihn zu retten oder um ihn noch schuldbeladener zu machen?" Bei diesen Worten wirft sich der Novize, der ihn beobachtet hatte, überzeugt, besiegt, von Bewunderung durchdrungen, vor ihm nieder, küßt seinem Confrater die Füße und macht seinen Bericht. Und der handelnde Novize wurde unter die in den Werken des Allmächtigen Wirkenden einregistriert.

Die Linguanmanie

Wenn man alle Leidenschaften des Menschen auf ihre anfänglichen Neigungen zurückführte, alle ihre Idiome auf ihre Muttergedanken, wenn ich so sagen darf, indem man diese alle der Schattierungen, die sie entstellt haben, und jene all der Bedeutungen beraubte, mit denen ihre Symptome überladen worden sind, würden die Wörterbücher weniger umfangreich und die Gesellschaften minder verderbt sein.

Wie viel hat nicht zum Exempel die Einbildung den Kanevas der Natur mit Liebe bestickt? Wenn ihre Kräfte sich damit zufrieden gegeben hätten, die moralischen Illusionen zu verschönern, würden wir uns dazu beglückwünschen. Aber es gibt sehr viel mehr liederliche Einbildungen als gefühlvolle Einbildungen, und darum gibt's unter den Menschen mehr Ausschweifung als Zärtlichkeit, darum hat man jetzt eine Masse Beiworte nötig, um alle Schattierungen eines Gefühls auszudrücken, das lau oder heiß, lasterhaft oder heroisch, edelmütig oder strafbar nach allem aber nie die mehr oder minder lebhafte Neigung eines Geschlechts zum anderen ist oder sein wird. Schamlosigkeit, Geilheit, Unzucht, Liederlichkeit, erotische Melancholie sind sehr verschiedene Eigenschaften und doch im Grunde nur mehr oder minder scharfe Schattierungen der gleichen Empfindungen. Geilheit und Unzucht zum Beispiel sind durchaus natürliche Fähigkeiten zur Lust, denn mehrere Tierarten sind geil und unzüchtig; unkeusche aber gibt es nicht. Unkeusche Gesinnung ist unzertrennlich von der vernunftbegabten Natur und nicht vom natürlichen Hang wie die Unzucht. Unkeusche Gesinnung drückt sich durch die Augen, in der Haltung, in den Gesten, in den Reden aus; sie kündigt ein sehr hitziges Temperament an, ohne daß die beweisende Tatsache ganz gewiß ist, sie verspricht aber viel Vergnügen an der Lust und hält ihr Versprechen, weil die Einbildung der wirkliche Herd der Lust ist, die der Mensch durch Studium und Verfeinerung der Wonnen variiert, verlängert und ausgedehnt hat.

Schließlich aber wollen diese und andere derartige Benennungen nichts weiter als einen Heißhunger anzeigen, der dazu verführt, ohne Maßen und ohne die Zurückhaltung, die vielleicht dem größeren Teile der menschlichen Institution natürlicher ist, als man annimmt, zu genießen, zu suchen; ohne die Zurückhaltung, die man Scham nennt, die verschiedensten, die geschicktesten und die sichersten Mittel zu suchen, sage ich, den Feuern, die einen verbrennen, deren Glut aber so verführerisch ist, daß man sie, nachdem man sie gelöscht hat, wieder herausfordert, genugzutun und auszulöschen.

Dieser Zustand hängt einzig und allein von der Natur und von unserer Leibesbeschaffenheit ab. Er ist der Hunger, das Bedürfnisgefühl, Nahrung zu sich zu nehmen, das durch ein Übermaß von Sinnlichkeit zur Gefräßigkeit führt, und durch die allzu lange Beraubung der Befriedigungsmittel in Wut ausartet. Das Verlangen nach Lust, das ein ebenso natürliches Bedürfnis ist, obwohl es weniger oft und gemäß der Verschiedenheit der Temperamente mehr oder weniger hitzig sich einstellt, steigert sich manchmal bis zum Wahnsinn, bis zu den größten physischen und moralischen Ausschweifungen, die alle nach dem Genusse des Objekts streben, durch das die glühende Leidenschaft, von der man erregt ist, vielleicht gestillt wird.

Dies verschlingende Fieber heißt bei den Weibern Nymphomanie, bei den Männern würde man es, wenn sie ihm ebenso unterworfen wären, wie jene, Mentulomanie nennen, doch leistet ihre Bildung dagegen Widerstand, und mehr noch ihre Sitten, die, weniger Zurückhaltung und Zwang heischend, und die Scham nur nach der Zahl der Verfeinerungen rechnend, mit denen die menschliche Geschicklichkeit die Reize der Natur zu verschönern oder abzuschattieren verstanden hat, sie weniger den Verheerungen der allzu zurückgeschraubten oder allzu gesteigerten Wünsche aussetzen. Da übrigens unsere Organe viel empfänglicher für augenblickliche Regungen als die des anderen Geschlechts sind, kann die Intensität der Begierden selten ebenso gefährlich sein, wiewohl die Männer ebensogut wie die Weiber an Krankheiten leiden, die einer beinahe ähnlichen Ursache entspringen, von denen aber eine männliche Leibesbeschaffenheit, die leichter schlaff wird, nicht ebenso lange heimgesucht zu werden braucht.

Trostlos würde es sein, scheußlich würde es sein, wollte man die so wunderlichen Wirkungen der Nymphomanie aufzählen. Vielleicht trägt die Unregelmäßigkeit der Einbildungskraft sehr viel mehr zu ihr bei als die venerische Energie, die das Subjekt, das von ihr befallen worden ist, von Natur aus mitbekommen hat. Tatsächlich ist der Kitzel der Vulva durchaus nicht Nymphomanie. Der Kitzel kann wahrlich eine Empfänglichkeit für diese Manie sein, man braucht darum aber nicht gleich zu glauben, daß sie ihm stets folgen müßte. Er reizt, er zwingt, mit den Fingern an die erregten Kanäle zu fassen, sie zu reiben, um sich Linderung zu verschaffen, wie man es bei allen Körperteilen tut, die man in derselben Absicht anfaßt, um die Ursachen des Reizes zu heben. Wie lebhaft und erwünscht dieses Kitzeln, diese Berührungen auch sein mögen, man nimmt sie wenigstens ohne Zeugen vor. Die dagegen, welche die Nymphomanie hervorruft, trotzen den Zuschauern und Umständen. Daraus geht hervor, daß der Kitzel sich nur in der Vulva festsetzt, während die unsinnige Manie der Sinnenlust ihren Sitz im Gehirn hat. Die Vulva jedoch überliefert ihm außerdem den Eindruck, den es mit Abänderungen empfängt, die geeignet sind, die Seele mit einer Menge unzüchtiger Gedanken zu durchtränken. Dort nährt sich das Feuer selber; denn die Vulva ist ihrerseits unabhängig von dem Einfluß der wollustgierigen Seele, von jedem Gefühlseindruck angegriffen und wirkt auf das Gehirn zurück. So wird die Seele immer tiefer von unzüchtigen Sensationen und Gedanken durchdrungen, die, da jene nicht allzu lange bestehen können, ohne sie zu ermatten, ihren Willen bestimmt, der Unruhe nachzugeben, die sich an die Verlängerung jedes allzu lebhaften Gefühls heftet und alle erdenklichen Mittel anzuwenden, um zu diesem Ziele zu gelangen.

Es ist unglaublich, wie sehr die durch die Leidenschaft geschärfte menschliche Geschlechtlichkeit die Mittel des Vergnügengewährens oder vielmehr das Verhalten beim Vergnügen variiert hat. Denn es ist stets das gleiche, und wir haben gut kämpfen gegen die Natur, über ihr Ziel werden wir nimmer hinausgehen. Sie scheint in Wahrheit viele Reizmittel zu ihrer Verlängerung verteilt zu haben, sicher ist es aber, daß die Gehirnfasern sich unabhängig von irgendeiner unmittelbaren Einwirkung der Natur ausdehnen. Alles, was die Einbildungskraft erhitzt, reizt die Sinne oder vielmehr den Willen, dem die Sinne sehr häufig nicht mehr genügen, und die werden mindestens ebenso stark von ihm unterstützt, da die Einbildungskraft niemals ohne das lebhafteste, glühendste Temperament, die am besten gestimmten Sinne, die besten Hilfen des Alters und der Umstände bestehen kann.

Da es weiter das Eigentümliche aller Leidenschaften der Seele ist, mit Rücksicht auf den Widerstand so hitzig wie möglich zu werden und die Nymphomanie nicht leicht zu befriedigen ist, so wird sie schließlich unersättlich. Weiber, die von ihr befallen sind, kennen kein Maß mehr; und das für einen schwachen Widerstand so schön geschaffene Geschlecht, das mit allem Entzücken der furchtsamen Scham prunkt, entehrt in dieser scheußlichen Krankheit seine Reize durch die schmutzigste Prostitution. Es fordert heraus, sucht auf, greift an; die Begierden stacheln sich an durch das, was anscheinend hinreichen müßte, um sie zu ersticken, und das tatsächlich genügen müßte, wenn der einfache Kitzel der Vulva den Genuß erregte. Wenn aber das Gehirn der Herd des Verlangens ist, so steigert es sich unaufhörlich; und die mehr ermattete als gesättigte Messalina jagt ohne anzuhalten der Lust und der Liebe nach, die sie mit Abscheu flieht.

Indessen muß man das zugeben: Die Beobachtung hat uns einige Phänomene in dieser Art gezeigt, die das einfache Werk der Natur zu sein scheinen. Herr von Buffon hat ein junges Mädchen von zwölf Jahren gesehen, sie war dunkelbraun, hatte eine lebhafte und gesunde Gesichtsfarbe, war von kleiner, aber ziemlich fetter Figur, war bereits ausgewachsen und mit einem hübschen Busen geschmückt, die einzig beim Anblick eines Mannes die unanständigsten Handlungen vornahm. Die Gegenwart der Eltern, deren Vorwürfe, die strengsten Züchtigungen, nichts hielt sie davon zurück. Sie verlor indessen die Vernunft nicht, und ihre scheußlichen Anwandlungen hörten auf, wenn sie mit Frauen zusammen war. Kann man annehmen, daß dieses Kind seinen Instinkt bereits mißbraucht hatte?

Gewöhnlich haben braune Mädchen von guter Gesundheit und kräftiger Leibesbeschaffenheit, die jungfräulich sind, und vor allem die, welche durch Verhältnisse anscheinend dazu bestimmt sind, es ewig zu bleiben, junge Witwen, Weiber, die wenig kräftige Männer haben, die meiste Anlage zur Nymphomanie. Und das allein würde beweisen, daß der Hauptherd dieser Krankheit in einer allzu geschärften, allzu gebieterischen Einbildungskraft ruht, daß aber auch die widernatürliche Untätigkeit der mit Kraft und Jugend versehenen Sinne eine ihrer hauptsächlichen Triebfedern ist. Billig ist es also, daß jedes Individuum seinen Instinkt befragt, dessen Antrieb stets zuverlässig ist. Wer immer darauf bedacht ist, seinesgleichen zu zeugen, hat entschieden das Recht es zu tun. Der Schrei der Natur ist die allgemeine Gebieterin, deren Gesetze zweifellos mehr Achtung verdienen, als alle die künstlichen Ideen von Ordnung,

Regelmäßigkeit und Prinzipien, mit denen uns unsere tyrannischen Grillen auszeichnen, und denen man sich unmöglich sklavisch unterordnen kann, die nur unglückliche Opfer oder widrige Heuchler schaffen und nichts weiter für die Moral wie für die Physis regeln, als die Widersprüche der Natur jemals befehlen können. Die physischen Gewohnheiten üben eine sehr dingliche, sehr despotische und oft sehr furchtbare Macht aus und setzen einen öfters grausamen Übeln aus, statt daß sie einen gegen sie wappnen. Die menschliche Maschine darf nicht besser arbeiten als das sie umgebende Element, sie darf wirken, sich gar ermüden, sich ausruhen, untätig sein, je nachdem das Kräftegefühl es bestimmt. Es würde eine sehr abgeschmackte und sehr lächerliche Forderung sein, das Gesetz der Gleichheit befolgen und stets vor derselben Schüssel sitzen zu sollen, während alle Wesen, mit denen man in inniger Berührung steht, in ständigem Wechsel leben. Veränderung ist notwendig, und wäre es nur, um uns auf die heftigen Stöße vorzubereiten, die manchmal die Grundmauern unseres Seins erschüttern. Unsere Körper sind wie die Pflanzen, deren Stengel sich inmitten der Stürme durch das Rütteln widriger Winde kräftigt.

Leibesbewegung, eine gut ausgedachte Gymnastik würde zweifelsohne das wirksamste Mittel gegen die gefahrvollen Folgen eines untätigen Lebens sein; dies Mittel jedoch wird nicht in gleicher Weise von beiden Geschlechtern angewandt. Die Reitkunst zum Exempel scheint nicht sehr geeignet für die Frauen, die sie nur unter Gefahr oder unter Vorsichtsmaßregeln ausüben können, die die Übung beinahe unzweckmäßig machen. Es ist so wahr, daß die Natur sie nicht für diese Leibesübung bestimmt hat, daß sie dabei bloß die Reize zu verlieren scheinen, die ihnen zu eigen sind, ohne die des Geschlechtes zu gewinnen, das sie nachahmen wollen.

Der Tanz scheint mit der den Frauen eigentümlichen Anmut vereinbar, die Weise aber, in der sie sich ihm hingeben, ist oft mehr geeignet, die Organe zu entnerven als zu kräftigen. Die Alten, welche sich auf die große Kunst verstanden, die Sinnenfreude in den Dienst des Körpers zu stellen, haben aus der Tanzkunst einen Teil ihrer Gymnastik gemacht: sie wandten die Musik an, um die Bewegungen der Seele zu beruhigen oder zu lenken. Sie verschönten das Nützliche und machten die Wollust ersprießlich.

Doch wenn beim Entstehen politischer Körperschaften die Vergnügungen der Strenge der Einrichtungen unterstellt wurden, aus denen diese Körperschaften ihre Macht zogen, entarteten sie sehr schnell mit den Sitten. Und wenn die Alten sich zuerst damit befaßten, alles zusammenzusuchen, was die Kräfte mehren und die Gesundheit bewahren konnte, so verfielen sie nur darauf, die Freuden zu erleichtern und auszudehnen zu suchen; und hier hat man nochmals Gelegenheit zu bemerken, wie sehr wir sie preisen, um uns selber zu verleumden. Welche Parallele läßt sich zwischen unseren Sitten und der Skizze ziehen, die ich eben hinwerfe?

Wenn ein Weib eine halbe Stunde Coricobole gespielt hatte, trockneten entweder Mädchen oder Knaben, je nach Geschmack der Spielerin, sie mit Schwanenpelz ab. Diese jungen Leute hießen Jatraliptae. Die Unctores schütteten darauf Essenzen über sie. Die Fricatores reinigten die Haut. Die Alipari zupften die Haare aus. Die Dropacistae bearbeiteten die Körper und brachten die Schwielen fort. Die Paratiltriae waren kleine Kinder, die alle Leibesöffnungen, Ohren, Anus, Vulva usw. säuberten. Die Picatrices waren junge Mädchen, die dafür zu sorgen hatten, alle die Haare, welche die Natur über den Körper verstreut hat, auszuzupfen, um ihr Wachstum zu verhindern, das dem Eindringen entgegensteht. Die Tractatrices endlich kneteten wollüstig alle Gelenke, um sie geschmeidiger zu machen. Eine so vorbereitete Frau bedeckte sich mit einem jener Schleier, die laut dem Ausdruck eines Alten einem gewebten Lufthauche glichen und den vollen Glanz der Schönheit durchschimmern ließen. Sie schritt ins Gemach der Wohlgerüche, wo sie sich beim Klang der Instrumente, die eine andere Art Wollust in ihre Seele gossen, dem Überschwange der Liebe hingab. Erstrecken sich bei uns die Verfeinerungen des Genusses bis zu diesem Übermaße von Gesuchtheiten?

Zum Beweis unserer Harmlosigkeit in Sachen der Ausschweifung wäre es möglich, durch Anführung alter Schriftsteller eine Unzahl von Stellen anzubringen, die unsere leidenschaftlichsten Satyre in Erstaunen setzen würden. Wir haben schon in einem Stück dieser Ausführungen im Abriß gezeigt, auf welche Ausschweifungen sich das Volk Gottes verstand. Erasmus hat in griechischen und römischen Autoren eine Menge Anekdoten und Sprichwörter gesammelt, die Dinge vermuten lassen, vor denen die kühnste Einbildung sich erschreckt. Ich will einige von ihnen anführen.

Wir haben zum Beispiel keine üblen Orte, die uns eine Idee von dem geben könnten, was man in Samos das Parterre der Natur nannte. Es waren öffentliche Häuser, wo sich Männer und Weiber durcheinander allen Arten von Ausschweifungen überließen: denn das würde prostituieren heißen, das Wort der Wollust, das sich hier anwenden ließe. Beide Geschlechter boten hier Modelle der Schönheit an, und daher kommt der Name: Parterre der Natur. Die Alten wandten die Reste ihrer Geilheit noch an anderen Orten nützlich an. Sie waren derartig schamlos, daß man sie mit Tieren verglich, die den Geruch, die Hitze und die Geilheit der Ziegenböcke besaßen.

. . . Verum noverat

Anus caprissantis vocare viatica.

Auf der Insel Sardinien, die weder jemals ein sehr blühendes noch sehr volkreiches Land gewesen ist, leitete der Name des Ancon genannten Ortes sich von dem der Königin Omphale ab, die ihre Frauen miteinander tribadieren ließ, sie dann ohne Unterschied mit Männern zusammensperrte, die auserlesen waren, um in allen Arten von Kämpfen zu glänzen. Man weiß, was der orientalische Despotismus die Menschlichkeit und die Liebe gekostet hat; in allen Zeiten hat er die bedrückt und jene herabgewürdigt. Sardanapal ist einer der elendesten Tyrannen jener Gefilde, von dem der Gedanke und der Brauch kam, die Prostitution der Mädchen und Knaben zu vereinigen.

Korinth konnte Samos den Vorrang streitig machen in der Vervollkommnung der öffentlichen Prostitution; sie war dort derartig hochgeschätzt, daß es dort Tempel gab, in denen man unaufhörlich Gebete an die Götter zur Vermehrung der Prostituiertenzahl richtete. Man behauptete, daß sie die Stadt gerettet hätten. Im allgemeinen aber gingen die Korinther dafür durch, beinahe ausschließlich die Kunst der Biegsamkeit und der wollüstigen Bewegungen zu beherrschen. Man erkannte sie an einer bestimmten Körperhaltung und ihrer besonders zierlichen Figur.

Die Lesbierinnen werden bei der Erfindung oder der Sitte genannt, den Mund zu dem häufigst angewandten Wollustorgan gemacht zu haben.

Verschiedene Völker zeichneten sich ebenfalls durch sehr merkwürdige Sitten aus, die bei ihnen häufiger vorkamen als bei allen anderen, dergestalt daß das, was heute nur das Laster dieses oder jenes Individuums ist, damals das bestimmte Merkmal eines ganzen Volkes war.

So stammt von der Bevölkerung der Insel Euboea, die nur Kinder liebte und sie in jeder Weise prostituierte, der Ausdruck chalcidieren. Ebenso schuf man den Ausdruck phicidissieren, um eine recht ekelhafte Laune zu bezeichnen. Man drückte die Gewohnheit, welche die Bewohner von Sylphos, einer Insel der Cykladen, hatten, die natürlichen Freuden durch die des Anus zu unterstützen, mittels des Wortes siphiniassieren aus.

So fand man in den Jahrhunderten des Verderbnisses, wo man alles erprobte, Worte, um alles auszumalen. Daher das cleitoriazein oder die Verschmelzung von zwei Clitoris, eine Handlung, die Hesychtus und Suida sich die Mühe gemacht haben uns zu erklären, indem sie uns lehren, daß diese Handlung wie das Laichen des Karpfens mit seinesgleichen vor sich geht: eine ist in Bewegung, während die andere anhält und umgekehrt (darum das Sprichwort non satis liques), daher der Ausdruck cunnilinguus, den Seneca so ableitet. Die Phönizier unterschieden sich von den Lesbiern, indem erstere sich die Lippen rot färbten, um den Eingang in das wahre Heiligtum der Liebe vollkommener nachzuahmen, während die Lesbier, die nur Schminke in der Farbe der Spuren der Liebesopfer auflegten, weiße hatten. Und das ist nicht die ungewöhnlichste Weise, auf die man die Lippen geschmückt hat, denn Sueton berichtet, daß der Sohn des Vitellius sie mit Honig bestrichen habe, um zur Vermehrung seiner Lust die Eichel seines Lieblings zu saugen, indem er so die zarte Haut, die diesen Körperteil umgibt, schlüpfrig machte, sollte der Speichel des mit Honig bestrichenen Handelnden den Liebeserguß anziehen. Das war ein bekanntes und auf erschöpfte Männer wirkendes Aphrodisiaticum. Aber Vitellius nahm diese Zeremonie alle Tage öffentlich an denen vor, die sich dazu hergaben, was nicht seltsamer ist, als die Trankopfer (semen et menstruum), die laut Epiphanius gewisse Weiber, ehe sie sie hinterschluckten, den Göttern darboten.

Ich endige diese merkwürdige Rekapitulation, um die Moralisten zu fragen, ob die Alten sehr viel besser waren als wir, und die Gelehrten, welche Dienste sie den Männern und den Gebildeten geleistet zu haben glauben, wenn sie diese und so viele ähnliche Anekdoten in den Archiven des Altertums ausgegraben haben?